JN098849

▼ 芭蕉連句・「反照四分の五」回文連句　運行表

芭蕉の歌仙／「反照四分の五」回文の歌仙

漢字：長句
かな：短句
■■：雑

句番	式目	木のもとに（ひさご）	むめがゝに（炭俵）	流し雛か	雁がねも（あら野）	灰汁桶の（猿蓑）	青くても（深川）	矢の菱	市中は（猿蓑）	空豆の（炭俵）	秋ちかき（鳥の道）	ラムネも	狂句木枯らしの（冬の日）	霜月や（冬の日）	鳶の羽も（猿蓑）	猿蓑に（続猿蓑）	理系訪ひ	中今に
1	発句	春	春	春	秋	秋	秋	秋	夏月	夏	夏	夏	冬	冬	冬	冬	冬	
2	脇	は	は	は	あ月	あ	あ	あ	な	な	な	な	ふ	ふ	ふ	ふ	ふ	
3	第三	春	春	春	秋	秋月	秋月	秋月	夏		夏	夏	秋月	冬			冬月	
4	四句目			は	あ			あ				あ月	あ				は	あ月
5	月の定座①	秋月	秋月	春月		春	春	秋		秋月	冬	秋	秋	秋月	秋月	秋月	春	秋
6		あ	あ	な		は	は	ふ		あ		あ	あ	あ	あ	あ	は	あ
7		秋	秋	夏		春	春	冬	春	秋		秋		秋	秋	秋	春	秋
8				な				ふ	は			あ					な	ふ
9					冬	夏	冬		春花					春			夏	冬
10			な	ふ		な	ふ	な	ふ		な			は				
11								夏			秋月	冬	冬	春			秋	夏
12				あ				あ			あ			な	な	な	あ月	な
13				秋				秋			秋	夏月	秋	夏		夏	秋	月
14	月の定座②	あ月	あ月	あ月		あ月		あ月				な	あ	な		あ月	ふ	
15		秋	秋	秋		秋	春花月	冬	秋	春花			秋月		春	秋	冬	
16		あ	あ			あ	は	は	あ	は		は		は月	は月	あ	は	は
17	花の定座①	春花	春花	春花	春花月	春花	春	春花	秋月	春月	春花	春花	春花	春花	春花	春花	春花	春花
18		は	は	は	は	は		は			は	は	は	は		は	は	は
19		春	春	春	春	春		春			春	春	春			春	春	春
20				は			あ	は				な			ふ			な
21		夏		夏		冬	秋					夏					冬	夏
22							あ月	ふ				な			な		ふ	
23			冬	冬		秋	夏						冬	夏				冬
24			ふ	ふ		あ		な	あ				ふ			ふ		ふ
25				冬	夏	秋月		夏	秋月	冬	夏	夏					冬	
26					な				あ			な		あ		あ	ふ	あ
27		夏	春	夏				冬			冬	秋	夏	秋月		秋月		秋
28			は	な		な	ふ			あ		あ	あ	あ		あ	あ	あ
29	月の定座③	秋	春花	秋月	秋	夏		春		秋月	秋月	秋月	秋月	秋	秋月		秋月	秋月
30		あ月	は	あ	あ			は		あ	あ	ふ	あ		あ		あ	
31		秋		秋	秋			春			秋	春			秋		秋	春
32		あ		あ			ふ					は		は花	ふ		あ	は
33			冬					秋月				春		春				春
34				は				あ		は		は		は			ふ	は
35	花の定座②	春花		春花	春花	春桜	春花	秋花	春花	春花	春花	夏花	春花		春花	春花	冬花	花
36	挙句	は		は	は	は	は	あ	は	は	は	な	は	ふ	は	は	ふ	

式目（季節別句数と去嫌）▶

歌仙式目	長句	短句	句数	去嫌数
春	春	は	3～5	5
夏	夏	な	1～3	2
秋	秋	あ	3～5	5
冬	冬	ふ	1～3	2
雑				

注：季順が順当のときは「雑」を介しなくてもよい。
（春）→（雑）→（夏）は、（春）→（夏）

回文連句歌仙集

反照（てりかえし）四分の五

poésie palindromique "réflexion cinq quarts"
par g da g.

郷田　豪

ふらんす堂

口上

字句悩ましく筆滞る。繭玉の夢は破れ、青獅子唐の味噌細る。四葩を田の神に送らんとして降る六花。春机悩ましく秋窓に憂いあり。

指折り数えて七五調。回文衒奇を求めるあまり、疲憊して骶骨折る。

時じくの雷光にトタン屋根敗れ月影奥の畳を濡らす。有難き哉、蛤よく気を吐いて楼台を為さんとす。作者知らず、雀変じて蛤となるか、蛤変じて計会なるかを。ここに於て繙く花の塔。冬硯乾きたれば、反照のはじまり、はじまり〳〵……

中今に野毛から影の二枚かな

――なかいまに　のげからかげの　にまいかな

回文連句歌仙集《反照四分の五》＊目次

プロローグ　7
「流し雛か」の巻（春）　15
「ラムネも」の巻（夏）　71
「矢 の 菱」の巻（秋）　141
「理系訪ひ」の巻（冬）　197
「中 今 に」の巻（雑）　267
エピローグ　327
あとがき

回文連句歌仙集《反照四分の五》

郷田 豪著

さて、「連句」は、長句と短句を交互に連鎖させてゆく座の文芸ですが、その長さによっていろいろな種類があります。

百韻（正式のもの。百句連句）、米字・八十八興（八十八句）、七十二候（七十二句）、易（六十四句）、源氏（六十句）、五十韻（五十句）、長歌行（四十八句）、世吉（四十四句）、歌仙（三十六句）、二十八宿（二十八句）、胡蝶・短歌行・箙（二十四句）、二十韻（二十句）、半歌仙・居待・出花・十八公（十八句）、獅子・首尾吟（十六句）、表白（十四～十二句）、歌仙首尾（十二句）、裏白（八～六句）、三ツ物（三句）などなどです。名称を眺めているだけでも楽しくなりますが、歌仙以外はあまり用いられていないのが現状です。

「歌仙」は、長句（五―七―五）と短句（七―七）を交互に配し三十六句で成就する最もポピュラーな形式です。今回取り上げるのが、この「歌仙」です。

その構成は次のとおりになっています。

懐紙を二枚折って用紙とします。

懐紙一枚目を「初折（一ノ折）」といい、初表（記号オ）六句、初裏（記号ウ）十二句から成ります。

懐紙二枚目を「名残ノ折（二ノ折）」といい、名残ノ表（記号ナオ）十二句、名残ノ裏（記号ナウ）六句から成ります。この二枚をとじて一巻とします。

はじめ、おだやかに気品高くスタートした句格が次第に変化に富んだはなやかな叙事・抒情百般を経て、やがて余情ゆたかにめでたく結ぶ、という仕上がりを理想としています。

では、「歌仙」という建物がどういう構造力学をもとにしているのか、すこし掘り下げてみてみましょう。

そもそも「俳句」の出自は「歌仙」の発句です。

歌仙の第一句を「発句」といいます。第二句以下の句と異なり独立不羈で、制限は切字が必要なことと当季を詠むこと以外には何もありません。第二句以降が、近辺の句との関連性を重視し大きく制限を受けるのと大きな違いです。この発句が独り立ちしたもの、が「俳句」というわけです。

両者（発句と以下の句）の違いは句形に現れます。

発句は発句のみで完結しており他句から影響は全く無く、かつ又、他句への関係性等の配慮は一切ありません。それに引きかえ、第二句以降は連句としての相関性が第一義的に考慮されなければなりません。その句一句のみで世界が完結するのではなく、前句（および既出の句）と、また後続する次句と関連して部分世界を構築してゆくのです。句座の参加者（連衆）の出句を治定（句がルールに違反していないか、全体の流れに相応しいかを判定）するこのかじ取りをする捌き手を中心に主客共同で進めてゆきます。

進め方には式目（一定のルール）があり、句数・去嫌・定座・差合など細かい取り決めを守らなければなりません。取り決めの内容と意味は解説の中でひとつひとつ見ていくことにしましょう。

ここにご披露する歌仙の集は、総合題『反照四分の五』、

歌仙《春》「流し雛か」の巻

歌仙《夏》「ラムネも」の巻

歌仙《秋》「矢の菱」の巻

歌仙《冬》「理系訪ひ」の巻

歌仙《雑》「中今に」の巻

の独吟五歌仙のセットです。句はそれぞれ沓冠（上下）いずれから読んでも同じ文となる「回文俳句」で仕立てる趣向です。したがってどの句も「連句（俳句・川柳）」「回文」の二種類の洗礼を受けた奇跡の春秋一坐一大公演、かくして、かくの如く御免被りますれば東は火の山巓から西は海溝の底まで、ずいとご高覧賜りますよう切に願い奉りまする。

寄物陳思（モノに寄せて思いを陳べる）の詩。これが昔の人の俳句の定義ですが、俳句は季節の残照を通時的共時的に詩形式に留めることだと思います。俳句が静止画だとすれば連句はそれに時間の要素を加味したオムニバス動画の如きでしょう。したがって季節の変化の取り扱いは大切で式目の最重要項目となっています。

その観点からすれば、季節の配分について上手の手から水が漏れている感じがする歌仙を見かけることがあります。そうした疑念の生じる原因のひとつが「雑の句」の扱いです。

当季発句（句座を持つ時期で最初の俳句を詠むこと）ですからスタートは各季に亘りますが、歌仙には花の定座と月の定座が決められており、さまざまな式目を守りながらも歌仙の眼目として特に尊重しなければならない項目となっています。従ってこの二花三月に収斂する形で季節を配分することが歌仙の工夫のしどころであり、その調停役として「雑の句」を使いまわしています。庭園に譬えれば、四季を彩る植栽としての花の座や、池や噴水が月の座に当たるといったところでしょうか。目立ちませんが雑の句は飛び石です。

一般に、脇役にすぎない飛び石（雑の句）が多すぎると四季の変化が乏しくなります。手始めに芭蕉の歌仙を調べてみました。（「連句運行表」）

その結果、例えば、夏発句なのに夏の長句はただの一句にとどまるなど（炭俵「空豆の」の巻は、「雑の句」が二十一句で歌仙総三十六句の半分以上を占める）季節の均衡を欠いた集になっています。これは偏に捌き手が全体のバランスから見た季節の配分に気配りが足りないために生じた現象にほかなりません。

この回文歌仙では、例えばいま見た夏発句では夏句を十二句（長句六短句六）とするなど、俳句のモットーである「季節を詠む」に重心を置く季節中心の配分を心がけました。

前句から引き継ぐとき、句の季節の急激な変化は避けなければなりません。そのためあいだに雑の句を挟んでショックを穏やかにするわけです。これは雑の役割のひとつです。季移り（雑の句を間に入れずに他季に移ること）は連句の嫌いのひとつです。この場合は逆に雑の句のチカラを藉りた回避が有用ですが、芭蕉の歌仙にいくつか季移りがあります。特に十四句目の月の定座と十七句目の花の定座が近いため「秋」から「春」への季移り（季節の自然の運行に背き「冬」を飛び越えていること）が多く見受けられます。この解決方法として或る句会では月の定座を既定の十四句目から十三句目に引き上げるとして「式目に手を付ける」ことをしていますが、この回文歌仙では定座は定座として尊重し、都合によって随時引き上げることにしました。

このように「雑の句」は便利なのでつい多用しがちですが、他方、俳句の持ち味である季節感を削ることになりますので乱用は禁物です。

季節の移動は逆行（例：「青くても」の巻（「秋」二十二句目→「夏」二十三句目））はいけませんが、順行（例：「鳶の羽も」の巻（「秋」三十一句目→「冬」三十二句目））の場合は不自然ではないので季移りの禁忌には当たりません。

この歌仙では、季順が順当のとき、いちいち「雑」を介するのは無意味であるとして雑の句を挟まないで巻くことにしました。

なお三十五句目花の定座については、芭蕉の実例ではほぼすべての作品で「春」で納めています（「霜月や」「むめがゝに」を除く）。「春」の句数（くかず）は最低でも三句は続ける必要がありますが、この部分だけは二句でとどめるという例外扱いにしています。

回文俳句では、ここも句数について例外扱いすることなく式目を守っていくようにしました。

これらの改善によって雑の句が極端に減り、自然を友とする俳句本来の姿に立ち戻った連句になっていると思います。

前以て知っておいたほうが良い歌仙のルールをまとめておきますが句解の中で具体的に示しましたのでここでは以下概略に留（とど）めました。

最初の六句（初表六句）は歌仙の顔なので改まった気分でそれぞれの形式に則した句にします。本文の解説を見てください。

月の定座と花の定座の計五か所が歌仙のヤマ場です。春と秋を代表するものとして大事にします。また、自然との関わりをクローズアップする「定座」のように、人事風俗にピントを当てるのが「恋」です。恋には定座は無く流動的ですが一巻のなかに一〜二か所（一〜二句程度）彩として用います。「恋」の字自体は強い語句なので一巻中一個しか使えませんが、女性の名があると恋の句と見做されます。また、作者が恋の句であると言えばそれで恋の句になります。

句数（連続する句のかず）は、春・秋の句は三〜五句、夏・冬は一〜三句。日永（春）・短日（冬）、夜長（秋）・短夜（夏）という季語と一体の考えから来ていると碩学はいうが、ためにする牽強付会でしょう。さて、去嫌（同じ季が来るときにあける句のかず）は、春・秋が五句去（例えば、春の句群のあとにまた春の句が来るときはあいだに春以外の五句以上をはさむべしということ）、夏・冬二句去の決まりです。

以上の禁忌のほかに心得として差合（類似の詞や事物を近づけないこと。差しさわり）があります。前進前進が本旨ですので、流れが停滞したりUターンしたりしないようにするきまりです。特に打越（付句の二つ前の句）の繰り返しになるような趣向・句作は観音開き（観世音の像を収めた厨子の扉が中央から左右両側に対称に開く造りになっていることから）といって最も嫌われています。

以上が歌仙式目の大略です。細目は回文俳句のルールと併せて本文のほうでお確かめください。

基本は現代俳句の主な潮流である旧仮名遣い・文語、そして回文です。この試みは斯界随一で古今を通じて他に類例を見ません。この手の作物はこの本を以て嚆矢とし、かつ、おそらく向後、極めて残念なことではありますが、掉尾を飾ることと相成るでしょう。
絶滅危惧種の稀覯本に出合わせたのも運命です。どうぞご照覧あらんことを。

遠のきしスメタナ試す四季のほど

——とほのきし　すめたなためす　しきのほど

> 久しぶりにスメタナの《四季》を聴いた。新しい季節の訪れをたしかに受け止めて……

*解説には、左記の辞典を参考引用した。
大辞林　松村明編／三省堂刊
精選版日本国語大辞典
岩波古語辞典　大野晋・佐竹昭広・前田金五郎編／岩波書店刊
連句辞典　東明雅・杉内徒司・大畑健治／東京堂出版刊

「流し雛か」の巻　（春）

(1) 流し雛か陽炎野外撮影がかなひしかな　［春・仲春］発句
(2) 畑うねうねねうねう桁端　［春・仲春］脇
(3) にぎやかし霞は見ずか鹿山羊に　［春・三春］第三
(4) 子乗るはふらここ恷ふ春の子　［春・三春］四句目
(5) 桶似るは三度目ひた見春の月　［春・三春］月の定座①
(6) 箱庭に瀧北庭に古馬　［夏・三夏］

註解

初折――初表六句初裏十二句からなる一ノ折です。

右にまず、初表六句を示しました。歌仙の顔ともいうべき最も大切な部分です。一句目を発句（立句、起句）といい、連衆に対する挨拶の役割（「存問（ぞんもん）」という）をもち、通常、正客発句とします。ここは独吟なので「主」兼「客」兼「捌き手」が詠み、当季《春》でおおらかにゆったりとした気分でスタートします。

(1) 流し雛か陽炎野外撮影がかなひしかな

——ながしびなか　かげろふろけが　かなひしかな

> 春のかげろうのなか、流し雛の映画のロケが……。万事のったりとした鈍い動きはどうやら予定時間を超えているようだがうまく進んでいるのかな。

陽炎（かげろう）：春、晴れた日に地面に見える空気のゆらぎ。季語三春（初・仲・晩）。流し雛も仲春の季語。三月三日の夕方、紙などで作った雛人形を川や海に流すこと。雛祭の元となった行事であり、紙の人形に穢れを託して流したことに始まる厄払いの行事です。

発句は長句（五・七・五）で、季語と切字が必要です。「切字」は、句の表現が完結したり主題を打ち出したり感動の場所を指し示したり音律を与えたりする役割を持たせた字（語）のこと。古来「切字十八字」があり、その中で発句には「や」「かな」「けり」が主に用いられます。上五下五を字余りにしてのんびりした雰囲気をかもしだしています。

⑵　畑うねうねねうねうねう桁端
——はたけうねうね　ねうねうけたば

> 畑が広がっている。しかしここは猫の格好の運動場となってしまっている。いまほら、片持ち梁(カンチレバー)の端に寝そべっているあの猫だ。

ねうねう（ニョウニョウ）：擬音語。猫の鳴き声。（源氏・若菜下）。現代語ではニャーニャー。

桁（けた）：建物や橋などの柱の上に張り出した横架材。

二句目は短句（七・七）で脇、といいます。立句(たてく)の存問(ぞんもん)に対する返礼の役割です。普通、客発句に対する亭主脇の位置づけなのですが、なにしろ独吟ですから、ピッチャーとキャッチャーが同一人という破格であり二句一意(にくいちい)が容易になりますね。打添付(うちそえづけ)（発句の景に添えてその言い残したものを付ける）。

脇は、発句と同季、同所、同時刻で、発句の余情で付ける「体言留(たいげんどめ)」（名詞留。句の最後が言い残した形になり余情・余韻を持たせることができる）というきまりです。

(3) にぎやかし霞は見ずか鹿山羊に

――にぎやかし　かすみはみずか　しかやぎに

猫は、にぎやかにしゃべり合っている動物たちに尋ねている。「春霞はみなかったのかい？」

三句目（長句五・七・五）を、第三（だいさん）といいます。句格は発句に準じ、切字十八字のうち一応、〈て〉〈にて〉〈に〉〈らん〉〈もなし〉留。ここでは〈に〉留にしました。転じる句風ですが、急激な変化は好ましくなく、当季のなかで転じるようにします。前句で得たヒントをもとに句を作ります。これを「付る（つける）」といいます。

〈春〉はここまで三句つづきました。四季のうち〈春〉と〈秋〉は三句以上（五句まで）つづけ、〈夏〉と〈冬〉は一句か二句（三句まで）にとどめるきまり。

第三まで春に季戻りはない、と見ました。季戻りは差合（禁止事項）です。

四句目、ここから平句（ひらく）（発句・脇句・第三・挙句以外の句の総称）となります。発句、脇、第三、と一般に改まった重い句運びがつづくので、四句目は軽くおとなしい句体にするきまりです。連句は、長句と短句が交互に組み合わされるので次は短句です。

五句目が「月の定座」なので、次の四句目は春の月が出しやすいように発展性を持った句にします。

(4)

子乗るはふらここ怺ふ春の子

――このるはふらここ　こらふはるのこ

怖いのを我慢してまでブランコに乗っていたが、今はもはや春の風になってしまった。春の天使なのだなあ。

ふらここ：鞦韆。ブランコの雅語。「秋千」とも当てるが、春の季語。従って句の「春の子」と俳句として……季重(きがさ)なりとなりますが、ここでは主題の「春」を具象化する必要性がありました。語源はポルトガル語のbalanço(バランソ)と言われています（英語はswing(スイング)）。しかし本来の日本語だと思います。「どんぶらこ」という副詞のもとは大きくて重みを感じさせるものが浮き沈みしている様子の擬態語です。「川上から大きな桃がどんぶらこと……」「こ」は擬声語・擬態語について「こと」を表す接尾語です。「ぎっちらこ」「ごっつんこ」「うんこ」など例は、いっぱいいっこ。

公園の遊具はおとなを一時子どもに帰す道具ですが、ブランコはおとながおとなのままであそぶ遊具です。ブランコに大人が乗れば、次の句でしょうか。

○腰沈め鞦韆せうし滅し耳語

――こししづめ　しうせんせうし　めつしじご

今さっき聞いた不愉快な耳打ち話を振り落とすかのように、ブランコの立ち乗りの腰を深く沈め大きく漕いだ。

鞦韆（しゅうせん）：ブランコ。中国北方民族の寒食節に鞦韆に乗って春の神を呼ぶという習俗による漢語由来の語彙（ごい）。「スプリング」に通じる躍動感のある季語ですね。

せうし：「笑止」が当てられる名詞の語彙ですが、この漢字は当て字。①大変なこと。困ったこと。苦しい。②悲しい。③おかしい。④気の毒な。など様々な気持ちを表します。

耳語（じご）：耳元でささやくこと。ひそひそ話。

前句、「にぎやかし」に呼応した付け。

(5)　桶似るは三度目ひた見春の月

――きつのるは　みたびめひたみ　はるのつき

春の月は秋と違って盥に似ているな。何度見直してもぼんやりと水を張った盥にそっくりだ。

桶（きつ）：おけ。水槽。
似る（のる）：似る。
直（ひた）：【接頭語】名詞などに付いてそれに徹するさま。①もっぱら。いちずに。②じかに。あらわに。③すべて。みんな。

「月を指せば指を認む」という譬えがありますが、それをヒントにした句です。前句、春の昼から夜への転じ「時分の付」です。

月の定座の句です。月の句と花の句は特別扱いで、二花三月（花は二か所、月は三か所）といい、その詠む場所を「定座」といいます。月の定座は、初表五句目、初裏八句目、名残ノ表十一句目、の三か所です。（花の定座は後述）

秋季の句数のなかには必ず「月」を詠みこまないといけません。月が無いことを「素秋」といい「嫌い」（忌避事項）のひとつです。春にも「花」が無いのを素春といいますが秋の月ほど厳しい禁止事項ではありません。なお、当季のような春興行の場合は二花が三花となるので例外の扱いになります。

春が限度いっぱいの五句続いたので次は季節を変えなければなりません。このようにして以下式目（連句のルール）に従いながら長句と短句を交互に配置し巻いていきます。
六句目を、折端（おりはし）といいます。懐紙一枚目の表の最後です。品よく定める、が折端に求められる姿勢です。

(6) 箱庭に瀧北庭に古馬

――はこにはにたき　きたにはにこば

水車小屋や滝まであるよくできた箱庭だ。北の端っこにはいささかアンバランスに埴輪の馬がのっている。

箱庭（はこにわ）：底の浅い箱に土や砂を盛り草や石・亭・灯籠・人形などを配して風景や庭園を模したもの。「水盤（すいばん）」とともに三夏（さんか）（初（しょ）・仲（ちゅう）・晩（ばん））の季語。

ここは遁句（にげく）（手の込んだ句が連続したり前句が難しいときに、さらりと叙景句などを付けて次句に渡すこと。遣句（やりく））。前句「桶」から「箱」への物付（ものづけ）（前句のなかの物や言葉に着目して句を付ける方法）。

前句、春から夏の句に季節がかわりますが、「春」→「夏」は推移が順序通りなので「初春」↓「仲春」（同季のなかの推移）と同様中間に「雑」（無季）の句を挟む必要はありません。季節が飛んだり逆接する場合は緩衝地帯として「雑の句を間に置いて急激な変化を和らげる」という手順が必要です。一巻のなかに雑の句が多いと季節の賛歌である俳句の意義が薄れてしまうので雑の句を乱用しないように気を付けます。

(6) 箱庭に瀧北庭に古馬　再出

(7) 品薄暑そこなは勿来職は無し　[夏・初夏]

(8) 池やはり靏守宮は夜警　[夏・三夏]

(9) けっ、だれだ?カフカとザムザ?誰だっけ　[雑]

(10) 草魚網代にロシアよき憂さ　[冬・三冬]

(11) 萎草の女郎を恨めのさ崩えぬ　[雑]

(12) みみず鳴く岩拝具作す耳　[秋・三秋]

註解

(7) 品薄暑そこなは勿来職は無し

――しなはくしょ　そこなはなこそ　しょくはなし

薄暑って売るものもなくなってしまうのね。端境期で仕事はないからあなた、こなくていいですよ。

薄暑（はくしょ）：語源は南宋前期の詩人陸游の詩の一節、「薄暑始知春已去。（薄暑始リテ春ノスデニ去ルヲ知ル）」から採ったもの。すこし暑気を感じ、涼風や木陰を欲する心持。初夏の季語。

そこな：【連体】「そこなる」の転。そこにいる（人）。

勿来（なこそ）：「な…そ」動作を禁止する意。「こ」は動詞「来（く）」の未然形。来るな。来てはいけない。

付けは、盆栽を趣味にしている叔父さんが求職のコネを求めてやってきた甥に話しているシーンとして悪くないのですが、残念なことに実はこの句は拗音（ようおん）の取り扱い上、回文俳句のルールからはずれているのです。

「拗音」とは、「キャ」「ショ」「チョ」「クヮ」のように一音節を二字の仮名で書き表すもの、です。回文俳句では「キャ」を「キヤ」と二音節にして取り扱いますが、これは俳句の表記ルールに従ったものです。

ここは捌きとして差し替える必要があります。

○葎　若　葉　一　拍　発　意　擬　藁　組　む

——むぐらわかば　いっぱくはつい　はがわらくむ

茂った草を見ていて小鳥を捕ることを思いついた。ぽんと手を打つとすぐに仕掛けを麦藁で作り始めた。

葎若葉（むぐらわかば）：道端などに繁茂する晩春から夏にかかる頃の猛々しい草藪。「葎」自体は三夏の季語。「若葉」は、初夏の季語。

擌（はが）：鳥をとる仕掛け。はご。晩秋の季語だったものが、法律で禁止されて季語でなくなったという珍しい語。

「一拍」は俳句の美学から、イッパクと読むがイッハクと表記されることになっています。

初折ノ裏移りのここからはテーマは、自由奔放で、神祇・釈教・恋・無常・懐旧・軍事・怪奇・病態など人事万般、波乱曲折を大胆に展開する。人名・地名も用いてよい。

前句、趣味的人工の庭園から自然の噴き出るような息吹の世界に読み替えた有心（うしん）の其人付（そのひとづけ）（前句の人柄・態度などを見分け、言外のものを補う付け方）。夏は続けるのなら三句まで続けてよいことになっています。

(8) 池やはり靄守宮は夜警

――いけやはりもや　やもりはやけい

> 蒸している。裏の池は靄がかかっているだろう。窓にはヤモリが張り付き、宿直、警邏中だ。

守宮（やもり）：壁虎。家守。三夏の季語。

靄（もや）：第三で「霞（かすみ）」がでており、重複する題材はさけるほうがよいので「靄」を出しました。

大気の具合で視程の見通しが損なわれる現象に、「霞」（春の季語）、「靄」（無季）、「霧」（秋の季語）があります。この三つ、季節の相違はさりながら、基本的にどう違うのでしょうか。

「霧」と「靄」は、気象現象としてまったく同じものです。ともに気象用語。大気中の水蒸気による現象。そして二つの言葉を区別するポイントはただひとつ。視程の遠近です。（視程1km未満（濃い）が霧、もっと遠くまで見える（薄い）のが靄）。もっと濃いものが「濃霧」となります。

一方、「霞」とは、空気中にちりや煙などが浮かび、空が白っぽくなったりうすぼんやりと見える現象を指す言葉です。気象用語では無いことも重要。

「霧」は、「雲」と同様、古くは四季を通じた気象語として用いられたものの、平安時代に秋の季語としての用法が確立しました。同時に、「霞」が春の季語となりました。また「霧」が昼夜を問わず使われるのに対して「霞」が用いられる時間帯は昼間に限定され、夜間は「朧（おぼろ）」と呼ばれます。

「靄」は「冬靄（ふゆもや）」「寒靄（かんあい）」など、冬の季語として多く用いられます。（「靄」自体は無季）。

前句、昼間は家に居るひとと見て夜警へ見替えた付け具合です。観相付（かんそうづけ）（世相・人生の喜怒哀楽を観じた付け方）。

「箱庭」「葎若葉」「守宮」と「夏」が句数限度の三句になったので次は季を変える必要があります。

(9)　けっ、だれだ?カフカとザムザ?誰だっけ
――けつだれだ　かふかとざむざ　だれだつけ

《変身譚》も知らないのか?　カフカを誰だなんて言ってるやつは誰だあ?

カフカ:チェコ出身のドイツ語作家、フランツ・カフカ。実存主義文学の先駆者。代表作「変身」「審判」「城」。

ザムザ：「変身」の主人公の名前。ザムザが、ある朝目覚めると巨大な虫になっていた。男とその家族の顚末が描かれる。「巨大な虫」の原文はドイツ語のUngezieferで、虫とは限らない。私は「つちのこ」と翻訳したい。

白状するとこのカフカの句は回文としては正しくありません。あえて注意例として挙げることにしたのですが、さて、どこが正しくないのかわかりますか。従って捌きにより次の句を。

○ 御 明 算 洩 る 水 見 る も 無 彩 目 籠

——ごめいさん　もるみづみるも　むさいめご

> 籠で水を汲むというか、無駄な算盤をはじいて御破算も御明算もないもんだ。

御明算（ごめいさん）：意味は、計算が正しいことをいう丁寧語ですが、一般にそろばんの読み上げ算でのスタート用意を告げる「御破算で願いましては」とともに決まり文句。

無彩目籠（むさいめご）：漆をかけていない実用的な竹ざる。

前句ヤモリを擬人化して池の主のどんぶり勘定を揶揄(からか)っていると見た、向付(むかいづけ)（前句に詠まれる人物に対し、別の人物を絡ませる付け方）。
雑の句です。夏からつぎの冬への橋渡しです。

⑽　草魚網代にロシアよき憂さ
——さうぎよあじろに　ろしあよきうさ

> 魚を獲るといってもそんな普通の簀では間に合いませんよ。なんといってもあの超大魚なんですから。

草魚（そうぎょ）：コイ目の淡水魚。東アジア大陸の大河に棲む2メートル近い大魚。巨大魚の食餌(しょくじ)が草というのも意外ですね。
網代（あじろ）：網の代わりという意味からできた言葉。竹や木を組んで簀(す)とともに魚を獲る道具。三冬の季語。

前句「目籠」に対する「網代」の物付。雑を挟んで冬の句。冬の句は一〜二句（三句限度）にとどめる。
草魚がかかったのはいいが、折角作った網を壊されては、とシベリア人の嬉しい悲鳴。でかいばかりで味は不味いし……

霰せば網代の氷魚を煮て出さん　芭蕉

を念頭に置いた句で、氷魚（ひお）が鮎の稚魚（氷のように透き通って見えることからの命名。美味）に対して大魚の大雑把さを配したものです。

なお、「草魚」から鱗という属性、「ロシア」から地域特性に認知を焦点化し、本来、意味実質上の関連の認められない指示物（レファレント）として「網代」が顕在化したのです。一見、認知的多様のようですが、「網代」に多義化が起こったわけではありません。

⑾　萎草の女郎を恨めのさ崩えぬ

——ぬえくさの　めらうをうらめ　のさくえぬ

オレを恨むのじゃなくて、実の無い女郎を恨め、と言ってやったら間抜けな奴、ぐずぐずと崩れ落ちた。なんだい？　ありゃあ。

萎草（ぬえくさ）**の**：「女（め）」に係る枕詞。なよなよした草の意。

のさ：【形容動詞ナリ】神経が行き届かないさま。間抜けのさま。

前句、「逃げた魚は大きい」という俗諺に準拠した面影付（故事・古歌・古物語などを材料にして付ける方法）です。雑の人情自他半。
月の定座が近いので季を秋に舵を切ります。

⑿　みみず鳴く岩拝具作す耳

——みみずなくいは　はいぐなすみみ

> 築石のあたりでみみずが重々しく鳴いている。耳は聞きながら（どうご返事もうしあげたものか……）と考えている。

蚯蚓鳴（みみずな）**く**：三秋の季語。「蚯蚓」だけなら三夏の季語。昔の人が秋の夜などに地中から「ジジーッ」と聞こえるのをミミズが鳴いていると誤解したもの。今では螻蛄の声だとわかっていますが、そこは洒落っ気でそのまま季語としたまま重用しているのは愉快です。句の後半を「俳句なす耳」としたいぐらいのものです。

拝具（はいぐ）：手紙の末尾に添えて相手に対する敬意を表す。敬具。以上謹んで申し上げます、の意。

蚯蚓鳴きの正体がわかったが、オケラが鳴くとはこれまた驚天ですね。あのコッケイなオケラがですよ……これまた愉快。鳴き声がまた愉快を通り越してケッサク。更に輪をかけて傑作なのが、蚯蚓の異名を歌女（うため）ということです。で以て前句「女郎」の詞付（ことばづけ）。人情自（にんじょうじ）の句。

(12) みみず鳴く岩拝具作す耳　再出

(13) かかなかや衢下町谷中なか　［秋・初秋］

(14) 十六夜四座異十六夜余財　［秋・仲秋］月の定座②

(15) 魑魅燃せば不老さうらふ櫨紅葉　［秋・晩秋］

(16) 紫音叉算置き悪戯らむ　［雑］

(17) 高い名は小唄や道後花筏　［春・晩春］花の定座①

(18) 花クローバーBar678　［春・晩春］

註解

(13) かなかなや衢下町谷中なか

——かなかなや　ちまたしたまち　やなかなか

おや、カナカナが。賑やかな下町にあってもここは谷中の墓地なのだ。

かなかな：蜩（ひぐらし）。夏の蟬と異なり鳴き声に哀調がある。

「谷中」の地名が入り、喧騒の高ぶりにも或る種の哀愁がある。其場付。人情自他半。発句以外は切字「や」「かな」が嫌いとされる平句の分際ですが、俳句で虫が鳴くといえば「かなかな」は見過ごせないテーマ、「や」は「か」に準ずる軽い疑問詞として働いています。

　これまで秋の句が続いて「月の出」を誘ってきました。いよいよ次は月の定座です。ただし、春発句なので秋の短句が準備されました。

⑭　十　六　夜　四　座　異　十　六　夜　余　財

——いざよひよざ　い　いざよひよざい

> 今夜は、いざよう月ですよ。又の名、ためらひの月。いろいろ勢力争いで諍いもあったが、ためらった後は、四派それぞれ伝統遺産を受け継ぎ立派にやっているのですよ。

十六夜（いざよい）：名月の翌日の月。満月に次ぐ晩の月なので、出をためらう月という意味で付けられた。満月を愛でる表現は多く、その以前から始まり、初月（八月初の月）・二日月（二日目）・三日月／新月（三日目）・五日月（五日目）・上弦（七日目頃）・待宵／小望月（十四日目。満月の前夜）・名月／明月／望月／

満月／十五夜／良夜／無月……（十五日目）・十六夜（名月の翌夜）・十七夜／立待月（名月の翌々夜）・居待月（十八夜）・寝待月（十九夜）・更待月（二十日月）・下弦（二十二、二十三日目頃）・宵闇（月の出まえの闇）で終わり

四座（よざ）：大和猿楽から分離した江戸時代の演能流派、観世座・宝生座・金春座・金剛座の四つの座。

旧暦八月の夜は「月」にしつこく、このほかにも言い回しはたくさんあります。「月見」という季語は上記のすべてに当てはまるのではなく、八月十五日と九月十三日の月を観ることに限られていることに注意する必要があります。九月十三日は「後の月」。つまり、十三夜は八月ではなく九月を指していることにも注意。十三夜の月見には、収穫期に入るくりや豆を供えるところから，くり名月，豆名月の名もある。対して、十五夜の月は「芋名月」。

「朧」は月偏なので月の状態のひとつと思いがちですが、月のことではありません。ぼんやりしていることで、「そぼろ」と同源。白身の魚をゆでてほぐした食品。ほかに朧豆腐。朧昆布など。「朧月」としてはじめて三春の月の季語になります。「おぼろげ、と云詞春にあらず、月を結ては春たるべし」（『御傘』）。しかし一方、「おぼろ」だけで朧月を指す現代俳句も出てきています。

仲秋。江戸下町の其場付。

⒂ 魑魅燃せば不老さうらふ櫨紅葉

——ちみもせば　ふらうさうらふ　はぜもみぢ

> 魑魅魍魎（妖怪お化け）なんか燃やしてしまえ！　俺たち不老不死になるのだから……

魑魅（ちみ）：山林の精気から生じ、人を迷わすという化け物。すだま。

不老候（ふろうそうろう）：「不老」は、いつまでも年をとらないこと。不老でございますよ。

櫨紅葉（はぜもみじ）のはげしい色がこの世のものではないと思わせたのでしょうが、「燃やしてしまえ」はどうも相当気性の強い人のようです。

気性の弱い人は、

○ 魑魅燃せば屋宇愁苦を櫨紅葉

——ちみもせば　をくうしうくを　はぜもみぢ

> お化けに対抗するなんてそんな恐ろしいことを！　そんなことをしようものなら

家庭に災いをもたらし憂え苦しむことになるのだから。滅相もない。

屋宇（おくう）：いえ。
愁苦（しゅうく）：うれい苦しむこと。
魑魅・鬼・女・竜・虎など強い語句は一座一句に限られることになっています。
匂付（においづけ）（前句と付け句によって映発的に発現される言外余情に期待したもの）。ここでは前句、芝居の舞台の華やかな背景と綺羅（きら）に付けを求めたものです。

⒃ 紫音叉算置き悪戯らむ

――むらさきおんさ　さんおきざらむ

紫はどんな音が似あうのだろう？　はてはて占って進ぜよう。算木を置いて試してみることにしました。

算置き（さんおき）：算木を使って占うこと。またはその易者。
らむ：【連語】完了の助動詞「り」の未然形に推量の助動詞「む」の付いたものです。

らん。……しているだろう。

櫨紅葉の紅に対する紫の、色立（いろだて）（前句に対し、色彩の取り合わせで応じる付け方）の付です。

⒄ 高い名は小唄や道後花筏

——たかいなは　こうたやだうご　はないかだ

> 伊予節で名高い道後。杖の淵には花筏が……。

小唄（こうた）：端唄・俗曲・民謡・歌謡曲など概して日本調の歌。

道後（どうご）：四国松山市日本三古湯のひとつ、温泉群が有名です。

紫音から地歌への縁、執中ノ法（しっちゅうのほう）（前句の眼目である「紫音叉」を手掛かりとして眼目の中心を執る方法）です。

「花ノ定座」のひとつ目がここ、十七句目即ち初折ウラ十一句目で、この花を「初折ノ花」、洒落て「栞（しおり）ノ花」、といいます。「花ノ定座」は、あと一か所、名残ノウラの、三十五句目（挙句の前）です。

「花筏」は正花（しょうか）（花の定座に「花の句」として詠むことができる花のこと）で、他季の正花に、余花・花御堂など、雑ノ花として、花嫁・花鰹・花紅葉などがあります。正花の花には賞美（しょうび）の意が籠められている必要があります。そうでないものを、非正花（ひしょうか）（似せものの花）といい、浪の花・火花・花野などがあります。「桜」も非正花で単に植物の品種名を指す言葉を示す扱いとなり、「花」と言わなければ正花ではありません。

すこしわき道にそれますが、芭蕉が一座した歌仙の「花の座」に正花として正規の花（桜）を用いずに雑の花を立てた珍しい例があります。「むめがゝに」の巻の挙句前、名残の花の定座です。

芭蕉はこの花の定座を春興行だからという理由でとんでもないほど引き上げ春を前倒しして二十九句目即ち名残の十一句目で詠んでしまいました。さあ両吟の相方、野坡はどうするか。雑の正花を詠んだのでした。

隣へも知らせず嫁をつれて来て　野坡

雑の正花に「花嫁」があります。「嫁」は「花嫁」でなければ賞美の本旨からはずれ正花になれませんが「嫁を連れて来て」が新婚を意味し、隣にさえ内緒として春隣りに本祝言（二度目の花）を挙げる（今は仮祝言）という句況を絡めた表現にしたのでした。（安東次男の卓見による）

初折の花ノ定座を正岡子規ゆかりの地でめでたくまとめました。

⒅ 花クローバー Bar678

——はなくろーばー　ばーろくなぱ

花は愛でられないクローバー、州道678号線沿いにある裏寂れたバール《678》のグラスにポツンと……花のように。アメリカ西部劇の一シーン。

クローバー：Trifolium repens オランダから輸入された高級ガラス器の詰め物として外来しました。和名は白詰草です。アイルランドの国の紋章。花期五～九月。シャジクソウ属。クローバーマーク（身体障碍者標識）は、実はクローバーではなく、酢漿草（カタバミ）の葉です。

前句から主人公の飲んだくれを汲み取りその補助線上のアリア。

(18) 花クローバーBar678　再出

(19) 《トラジ》らし酔ふ菜花笛しらしらと　［春・晩春］

(20) 斑雪消ゆ雪消ゆレダは　［春・三春］

(21) 蝙蝠はまさか逆さま巴里も雨下　［夏・三夏］

(22) 炉越しに声を汚穢粉にジゴロ　［雑］

(23) 血だ今か誰が割かれた鎌鼬　［冬・三冬］

(24) 勇魚になさい細小魚になさい　［冬・三冬］

註解

(19) 《トラジ》らし酔ふ菜花笛しらしらと

——とらじらし　えふなばなふえ　しらしらと

朝鮮民謡トラジの嫋嫋（じょうじょう）たる笛の音に菜の花がすっかり酔っている。

らし：推量の助動詞。のだろうなあ。ところでこの「らし」は本来、現代語の「らしい」とは別物だそうです。現代語の「らしい」は名詞にもつくので、俳句では「名詞＋らし」も作例が増えてきました。〈日輝きはつしとかかる鶫らし〉（星野立子）

酔ふ（えふ）：ゑふ→えふ→よふ→よう（現代語）という段階を経過した言葉。

十九句目から名残ノ表（略号ナオ）に入ります。

付けは起情（叙景、叙事の前句から主観的な情を引き出して、抒情句を付ける付け方）です。恋の誘いと読み次は恋の句にします。

⑳ 斑雪消ゆ雪消ゆレダは

――はだれゆききゆ　ゆききゆれだは

白鳥の形に残っていた雪もとうとう消えてしまった。レダよ去りしいずこへ。

斑（はだれ）：雪がはらはらと降るさま。また、一面にうっすらと積もるさま。はだら。または、「はだれ雪」の略。春の季語。

レダ：ギリシャ神話に出てくる女性。白鳥に姿を変えたゼウスに犯される。女性の名を詠みこんだ句は恋の句と見做されます。したがって、この句は恋の句です。恋の句は一座一、二か所までのきまりです。

春はここまでで四句つづきました。「春」の後は「夏」でしょう。

(21) 蝙蝠はまさか逆さま巴里も雨下

――かうもりは　まさかさかさま　ぱりもうか

パリ・オルセー河岸の大地下水道。オペラ座の地下には蝙蝠といっしょに怪人も住んでいるそうな。

巴里の蝙蝠も東洋から見ると正常な（逆さ吊りではない）のですよね。「巴里の雨」、なんだかいいですよね。雨傘のことも「こうもり」というのでしたね。前句、泰西名画から仏蘭西映画のモノクロシーンへの転じ。恋離れ。

(22) 炉越しに声を汚穢粉にジゴロ

――ろごしにこゑを　をゑこにじごろ

汚物を粉末の肥料にする会社の社長は元ジゴロ。加熱処理工場の向こうから声をかけてきた。さて……

ジゴロ：【仏語】gigolo。女のヒモになっている男。ならず者。

おやおやフランス映画は、とうとうジャン・ギャバンの登場です。古い活動写真の雨はフイルムの雨のことだったようです。べた付（安易にくっついていて工夫が無いこと）。

(23) 血だ今か誰が割かれた鎌鼬

——ちだいまか　だれがさかれた　かまいたち

血だ。いまか？　やられたのは誰だ？　——カマイタチに気を付けろ。

鎌鼬（かまいたち）：厳寒時、床下などに起きる小旋風によって生じた真空に遭って皮膚が裂けたところが鎌で切ったように見えることから、イタチの妖怪の仕業とされて恐れられた。切り口はパックリ開いているが血も出ない。痛みもない。三冬の季語。

仏蘭西映画の修羅場だと、打越（うちこし）（前々句）と観音開き（かんのんびらき）（前々句と同種・同想を繰り返す付け嫌いのひとつ）になりますが、ここでは「鎌鼬の仕業（しわざ）」と三句の転（てん）じを行うことによって、一巻の変化と展開を現出することで観音開きを免れています。

昔はお祭りの見世物小屋のひとつに「おおいたち」という人を喰ったものがあって町人衆をだましたそうですが（次項にて）、「血」とは関係が深いのですね。万事鷹揚な時代のことでそのおおらかさはなんとも羨ましい限りですね。

(24) 勇　魚　に　な　さ　い　細　小　魚　に　な　さ　い

——いさなになさい　いさなになさい

勇魚（いさな）：クジラの別称

細小魚（いさな）：「な」は、魚の意。「いさ」は、いささ（小さい）。小さな魚。

元句は、

○　鯨　方　勇　魚　に　な　さ　い　高　良　地　区

——くぢらかた　いさなになさい　たからちく

高良神社は、鯨を祭神とする。八戸にあるとも阿蘇近辺にあるともいわれているが現在不分明です。

捕鯨環境が厳しくなってきていますが、日本古来の食文化と密接な関係にあり、わが国としては、そう簡単に捕鯨禁止をのむわけにはいかない状況です。

そこで一策として、くじらは捕らないがイサナを捕るということにしてはどうか、という提案です。国際条約には、しばしばこうしたヘリクツがとおるものです。

付けは「コトバの鎌鼬」。前句のところで触れましたが、江戸時代、祭りのインチキ見世物小屋で「おおいたち」というものがありました。その類（たぐい）というわけです。因みに「おおいたち」の触れ込みに、珍しいもの見たさで木戸銭を払って中に入ると大きな板に赤いものが着いているだけ（これすなわち大板血のしゃれ）という見世物です。騙されたほうも笑っておしまいということでした。

(24) 勇魚になさい細小魚になさい　再出

(25) 風は北聳ゆる指ぞ舵機は是か　［冬・三冬］

(26) 串甲斐甲斐しく櫛僻僻しく　［雑］

(27) 指南書の原発半夏の余震なし　［夏・仲夏］

(28) 忌々しきは吐きし蝸牛　［夏・三夏］

(29) 明月は三場の晩さ八景目　［秋・仲秋］月の定座③

(30) 木琴の啄木鳥のんき雲　［秋・三秋］

註解

(25) 風は北聳ゆる指ぞ舵機は是か

——かぜはきた　そびゆるゆびぞ　だきはぜか

人差し指をペロリと舐めるとそれを頭上に高々と立てた。ベテランの船乗りは風の向きを確かめたのだ。風は北だ。彼は舵輪に取り付いた。宜(よ)う候(そろ)！

舵機（だき）：操舵装置。舵輪。

前句捕鯨船から航海への転じ。転じが少なくべた付。

(26) 串甲斐甲斐しく櫛僻僻しく

——くしかひがひしく　くしひがひがしく

手絡髷（てがらわげ）で焼き鳥の串をきびきびと扱っているのは、洗い髪に櫛という婀娜（あだ）に崩れかけた色っぽい女で……

僻僻し（ひがひがし）：ひどくゆがんでいる。正常でない。

付けは向付（むかいづけ）（前句に詠まれた人物に対して別の人物を配する付け）ですが、下世話な余情付（よじょうづけ）（前句の映発する気分で付ける）でしょうか、『与話情浮名横櫛（よわなさけうきなのよこぐし）』からの本歌取（ほんかどり）（和歌・連歌などで古歌の語句・発想・趣向などを踏まえて新しく歌を作る手法）でした。名残折立次句につぐ恋の二つ目です。恋の句は一巻に二か所までのきまり。

㉗ 指南書の原発半夏の余震なし

――しなんしょの　げんぱつはんげの　よしんなし

東電のマニュアルには地震のことはなにも触れていない。原発はほんとうにタチの悪い毒草だ。

半夏（はんげ）：半夏生（はんげしょう）・半夏雨。夏至（六月二十二日ごろ）から十一日目（太陽暦七月二日ごろ）のこと。田植えが終わるこの日の天候による物忌みなどの習俗があります。

一方でこのころは「半夏生草（形代草・三白草）」というドクダミ系の毒草が生えるのでこの名があると言われています。

また同じ半夏という名を持つ「烏柄杓」というサトイモ科の奇妙な形の毒草もあり、どちらも季語・仲夏。というわけで、時候なのか植物なのか植物でもどの植物なのか非常にわかりづらい季語です。

移りは、観相（かんそう）（世相・人生の喜怒哀楽を観じた付け方）ですが離れすぎと見て出し直したのが次に示す句です。

○三日が積み翡翠せばか水鏡

――みかがつみ　かはせみせばか　みづかがみ

床入りから三日も終わった。さて精いっぱいのカワセミばりの媚態を続けたもんか、水面に映った顔に相談をしている。

翡翠（かわせみ）：カワセミ科の鳥の総称。雀ほどの大きさ。嘴が長く、頭が大きい。腹部は赤褐色、背面は瑠璃色をしている。渓流などに見られ、矢のような速さで水に飛び込んで魚を捕らえる。四季を通じてみられるが、水辺にいる様子が涼しげなので三夏の季語とされる。「空飛ぶ宝石」と呼ばれ、「翡翠（ひすい）」の字を当てる。水面に突き出た枝から、または空中での停止飛行（ホバリング）をして魚を狙い浮上した獲物をダイビングしてくちばしで咥える。捉えた魚は足元の枝に何回も叩きつけて丸呑みする。残酷な印象を受ける。

前句を恋の誘いの句とみて「恋」で付けた。人情自。

恋の句は二十句目に出ています。前回は女性の名のある句は恋の句と見做されることに拠ったが、それも短句一句で終わったのでこれがこの巻の本当の恋の句とします。

(28) 忌々しき吐きし蝸牛

――いまいましきは　はきしまいまい

言いまわりながら反吐（へど）をはき散らしているようで蝸牛にはほんとにむかつく、ときれい好きのカワセミが嘯（うそぶ）いた。

まいまい：蝸牛（まひまひ）と毎毎（まいまい）を掛けてみました。

実を言うとこの句は、月の座の前ということで月蝕歌劇団公演・寺山修司作「阿呆船――少年と蝸牛」のチラシを句にしただけです。ハイ。お芝居の付の誘い。

次は「月の定座」。先の「月」が二座とも「実（じつ）ノ月」を出しましたから変化して蔭（かげ）ノ月（噂（うわさ）ノ月）にしましょう。現実の月、ではなく、絵画・写真・手紙・文芸作品など、現実に出ている月ではない「月」です。

(29) 明月は三場の晩さ八景目

――めいげつは　さんばのばんさ　はつけいめ

芝居で名月が出るのはどこでしたかね？　三場の夜のシーンですよ。いい場面は

「八景」に決まっている。ハッケヨイというからね。という客のやりとりでした。

八景（はっけい）：瀟湘八景から来た語。瀟湘八景とは、中国の山水画の伝統的な画題。またその八つの名所のこと。瀟湘は湖南省長沙市一帯の地域。洞庭湖と、流入する瀟水と湘江の合流するあたりを瀟湘といい、古より風光明媚な水郷地帯として知られる。北宋時代の高級官僚・宋迪はこの地に赴任したときにこの景色を山水図として画いた。瀟湘八景は以下からなり、すべて湖南省に属している。

瀟湘夜雨（しょうしょうやう）：瀟湘の上に寂しく降る夜の雨の風景。
平沙落雁（へいさらくがん）：秋の雁が鉤になって干潟に舞い降りてくる風景。
煙寺晩鐘（えんじばんしょう）：夕霧に煙る遠くの寺より届く鐘の音の夜。
山市晴嵐（さんしせいらん）：山里が山霞に煙る風景。
江天暮雪（こうてんぼせつ）：日暮れの河の上に舞い降る雪。
漁村夕照（ぎょそんせきしょう）：夕焼けに染まるうら寂しい漁村。
洞庭秋月（どうていしゅうげつ）：洞庭湖の上にさえ渡る秋の月。
遠浦帰帆（えんぽきはん）：夕暮れどきに遠方より戻ってくる帆かけ舟。

美しい言葉ですね。後にこの画題が流行し、やがては日本にも及んだ。近江八景。

金沢八景。

因みに「近江八景」は、「三井の晩鐘」「石山の秋月」「堅田の落雁」「粟津の晴嵐」「唐崎の夜雨」「瀬田の夕照」「矢橋(やばせ)の帰帆」「比良の暮雪」。

大衆演劇の「八景の月」は「洞庭秋月」ならぬ今月今夜のこの月を、の金色夜叉(こんじきやしゃ)でしょうか。

(30) 木 琴 の 啄 木 鳥 の ん き 雲

——もくきんのきつつき　のんきくも

キツツキは木琴を叩いている。雲はぽっかり浮いている。おだやかな秋のひとひ。

啄木鳥（きつつき）：三秋の季語。

遣句(やりく)（手の込んだ句が連続したときや前句がむずかしいときに、あっさりと叙景句などを付けて付け捨てにすること）でした。

(30) 木琴の啄木鳥のんき雲　再出
(31) 巣で気功色鳥とろい動きです　［秋・三秋］
(32) 自動織機の菊良し疎し　［秋・三秋］
(33) 水炎立ちていでチタン得鋳ず　［雑］
(34) 柳諸子は羽衣着なや　［春・三春］
(35) 死か花か字句はや白紙仮名はカシ　［春・晩春］花の定座②
(36) 散る桜かな長らく去る地　［春・晩春］挙句

註解

(31) 巣で気功色鳥とろい動きです
——すてきこう　いろとりとろい　うごきです

羽根つくろいをしている色鳥は、まるで気功をしているように優雅でした。

色鳥：秋になると渡ってくる鳥のうちでも、特に体や羽の色の美しい小鳥の総称。

〈色鳥〉は古い言葉です。ただ、現代で「いろどり」とにごって読むのに古語では「いろとり」と澄んで読んでいたようです。さらに「からだや羽根のうつくしい鳥」のことをいう現代に対し、むかしは、「いろいろの小鳥」のことだったようです。論拠ふたつ。〈いろとりに山や紅葉の初時雨〉（『実隆公記』）〈此のいろとり、いろいろの鳥と言ふ心也〉（『伊勢千句註』）

現行「歳時記」の説明が正しくない可能性もありそうですね。それとも、「山川（やまかわ／やまがわ）」のように読み方で意味が異なる、となるのでしょうか。

前句キツツキから「色鳥」の物付。

(32) 自動織機の菊良し疎し

——じどうしょくきの　きくよしうとし

織り上がった反物の「菊」いいけど、うとましいかなあ、すこし。

余情付（(26)参照）。

(33) 水炎立ちていでチタン得鋳ず

——すいえんたちて　いでちたんえいず

ものすごく現代向きの特性をもつチタン合金だが鋳物加工ができなかった。水玉を激しく弾いただけだった。

チタン：チタンの三大特徴は軽・強・不錆。アルミニウムの軽さには及ばないものの、鉄の3分の2程度。銅と比べると、半分くらいになります。次に、強さについては、885℃を越えると結晶が熱に強い構造に変わるため、熱に対して非常に強い金属であると言えます。銅・鉄・アルミニウムと比べると、とける温度が一番高いのです。

他にも、バネのように、もどってくる力（たわむ力）を比べると、鉄の2倍もあり、曲げても、きちんと元に戻る金属です。

銅・鉄・アルミニウムと比べると、チタンは海水（塩水）にとても強いのです。海や川の中でも錆びにくいので、橋の脚などに使われます。また、理科の実験で使った、塩酸や硫酸などの酸にも強く、とけにくく、くずれにくい金属です。

他にも、チタンは銅・鉄・アルミニウムと比べ、最も電気や熱を通しにくいという特徴もあります。金属に多くみられる有毒性もなく、アレルギー反応を引き起こす原因にならないのも、大きな特徴であると言えます。

古くからある機織りを近代工業に見代えた、詞付（⑿参照）。

⑶④ 柳 諸 子 は 羽 衣 着 な や

——やなぎもろこは　はごろもきなや

その流麗なチタン性の飛翔体のような柳腰がまぶしい。三保の松原の羽衣伝説のような羽衣を着けたら素敵だろうなあ。

柳諸子（やなぎもろこ）：コイ科タモロコ属に属する淡水魚。ホンモロコの別名。ほかにモロコ、ゴマモロコなど。もともと琵琶湖特産でした。

付けは会釈（あしらい）（前句に出ている物について按ずる手法）となります。

㉟ 死 か 花 か 字 句 は や 白 紙 仮 名 は カ シ

——しかはなか　じくはやはくし　かなはかし

死の床にあって文字が見えなくなってきた。あれは「死」の字かな、「花」の字のようにも見えるがどちらなのだろう。なにも書いていないただの白紙に「汸」が

> 浮かんできたのかもしれない。南無阿弥陀仏。

カシ：氻（ロク）。カタカナの、「カ」と「シ」で構成される漢字。その読み、ロクは、六字、即ち、南無阿弥陀仏を指している。

回文辞世としてつくったもので、付けは前句「羽衣」から「白紙」への有心（うしん）（対象に虚心に接してその境に没入しよく本質を観じた作句態度手法）です。挙句直前の最も大切な花ノ定座です。

景気直しに春場所で。

○ 観た仮名は辰五の凝った花筐

――みたかなは　たつごのこったはながたみ

辰五（たつご）：町火消（まちひけし）め組の鳶頭（とびがしら）辰五郎。江戸の町火消と大相撲の力士たちの小競（こぜ）り合いが大乱闘事件に発展して芝居にもなった。「神明恵和合取組（かみのめぐみわごうのとりくみ）」（め組の喧嘩）。

花筐（はながたみ）：①花を摘んで入れる籠。②枕詞。（籠の目が細かく並んでいるところから）「めならぶ」にかかる。③能の一。狂乱物。照日の前が恋に狂う。

「花筐」はここでは、め組の半纏の大きく染め抜いた「め」印が並んだ舞台模様の枕詞として詠んでいます。

「花筐」で見たのは、能のほうではなくて歌舞伎のめ組の喧嘩のほうです。

(36) 散る桜かな長らく去る地

——ちるさくらかな　ながらくさるち

> 桜が散りふりかかる。ながい旅になるはずのきょうの出発に……

長らく（ながらく）：【副詞】長い間。久しく。

歌仙を巻き終えるに当たってての惜別の情も含めてめでたくお開きにします。十七句目の説明にあるように、「桜」は非正花なので「花離れ」の役回りです。

べた付の嫌いがありますが、挙句（揚句）に相応しい穏やかな納め方です。特に、発句の「春の野辺」でスタートを切った連を「春の産土」で受けて引っ込みの見得を切っているかのようであります。

なお、発句以外に切字「や」「かな」を使わないきまりなのでここでは切字としての役割は負わせていません。又発句が桜の時に脇に花をつけるのは法度とされますがここでは発句・脇句ではないし付けも逆ですからいいのではなかろうかと思います。なお、発句の花に実体がない場合は「根なしの花」と称して脇に実際の桜を持ち出してもよいそうです。随分ややこしいですが発句・脇ならではのことです。

発句の初案が〈永し日の陽炎野外撮影が伸びしかな〉でした。

歌仙最大の差合が輪廻（りんね）です。即ち挙句から発句に戻ることです。発句の「永し日の」が挙句の「長らく」と言葉が戻っているのです。

しかし回文歌仙は前後の無いこと、輪になることを本旨としていると考えて敢えて栗毬（イガ）を踏もうと思いましたが、式目は式目。尊重しなければいけません。もう一案、

○さくらが三つ包み唐草

——さくらがみつつ　つつみからくさ

旅立ちの風呂敷にさくらの花びらが三片、名残を惜しむかのように散りかかった。

としましょうか。

花の句に桜の句を付ける、または逆、はご法度のようです。しかし、一句の中に花と桜を詠みこむのは差し支えないとして芭蕉の例句を挙げています。これはオカシイ。

はなに泣く桜の黴とすてにける　芭蕉［「炭売の」の巻（冬の日）］

この句の解釈は古今難題で、その苦心のさまは安東次男の本に詳しいがアンツグさん自身も持て余して「桜の黴と云替えたところが工夫」とか「桜なら（カビが）生えてもおかしくない」とか苦心惨憺、既評家同様のこじつけようです。

この句をよく見ると「はな」とある。芭蕉は「花」を「はな」とかな書きにしたことは一度もありません。花の定座に芭蕉は胡坐をかいて臨むことはしなかったのです。「桜と花を結んだ句は差し支えない」？　式目の解説で見かけた文言ですがとんでもない。大のご法度です。右の句の「はな」は「花」ではないのです。碩学（せきがく）はここでみんな見誤っているのです。「桜の黴」は前句の「納豆」の物付で「花びら」を洒落で糀（麹花（かうぢばな））と表現しているのです。「桜散る」を桜が泣いている、と擬人化したのでした。桜は正花ではありません。ただの植物名にすぎません。

すてにける：「にけり」【連語】完了の助動詞「ぬ」の連用形「に」に過去の助動詞「けり」が付いたもの。……してしまった。……してしまったことだなあ。詠嘆の気持ちがある。「ける」は、「けり」の連体形ですから、ここは後に体言が省略された形で体言と同等の資格を持つ用法です。詠嘆を示します。〈花の色はうつりにけりないたづらにわが身世にふるながめせしまに〉（『古今集』春下）が芭蕉の頭にあったのでしょう。

「花の別れは寂しいか。後ろ髪引かれて泣くがいい。花を泪と振り捨てるがいい。」従って花の定座は、雑の花（正花）です。季は雑と春の二重の季です。二重の季は連句の高等テクニックです。例三つ、

燈籠ふたつになさけくらぶる　杜国［「霽（しぐれ）」の巻（雑・秋）］
萓屋まばらに炭団つく臼　羽笠［「霜月」の巻（夏・雑）］
かへるやら山陰伝ふ四十から　野水［「灰汁桶」の巻（雑・春）］

○うらうら新規吟じ朗々

――うらうらしんき　ぎんじらうらう

長閑な春だ。もひとつ詩を吟じるとするか、ワレ高歌放吟ス。

うらうら：春ののどけさの擬態語から生じた三春の季語。「麗か」「うらら」「うららけし」「うららに」「麗日」

一巻終えました。これまでは巻き終えるとひたひたと達成感に満たされるのに今回

は疲労困憊して彳々虚しい脱力感が残るのみでした。思うに独吟から生じる必然的な孤独感と回文詩の幾何学性向の綯い交ぜになったものなのか。首のみならず全身寝違えた感じですといえばわかってもらえるでしょうか？　呵々。その気分を回文俳句にせよとなら、こうでしょうか。

○　柚子荷積み香立ち満ちたが水に饐ゆ

——ゆずにつみ　かたちみちたが　みづにすゆ

柚子の香りがすごくすると思ったら荷のなかの柚子箱がつぶれていた。下のほうは水になって滲み出ている。

＊＊

句上（巻き終わった懐紙の裏の余白に作者名とその人の句の数を記録すること）

ここでは独吟なので、季節と季ごとの長句・短句の明細を記します。

季	長	短	計
春	六	六	十二

夏	三	三	六
秋	四	四	八
冬	二	二	四
雑	三	三	六
			計三十六句

歌仙の構造上一般に「春」と「秋」が多くなりがちですが、当季「春」発句なので春を三分の一、十二句とし秋の八句と差をつけて春季の巻を強調しました。夏と冬のバランスも考えながら、多くなりがちな雑を六句にとどめました。

季節捌きの行き届いた歌仙に仕上がったように思います。

春　回文歌仙《流し雛か》の巻（総覧）

【初折ノ表　オ】

(1) 流し雛か陽炎野外撮影がかなひしかな　［春・仲春］発句

(2) 畑うねうねねうねう桁端　［春・仲春］脇

(3) にぎやかし霞は見ずか鹿山羊に　［春・三春］第三

(4) 子乗るはふらここ悇ふ春の子　［春・三春］四句目

(5) 桶似るは三度目ひた見春の月　［春・三春］月の定座①

(6) 箱庭に瀧北庭に古馬　［夏・三夏］

【初折ノ裏　ウ】

(7) 葎若葉一拍発意擹藁組む　［夏・初夏］

(8) 池やはり靄守宮は夜警　［夏・三夏］

(9) 御明算洩る水見るも無彩目籠　［雑］

(10) 草魚網代にロシアよき憂さ　［冬・三冬］

(11) 萎草の女郎を恨めのさ崩えぬ　［雑］

(12) みみず鳴く岩拝具作す耳　[秋・三秋]
(13) かなかなや衢下町谷中なかなか　[秋・初秋]
(14) 十六夜四座異十六夜余財　[秋・仲秋] 月の定座②
(15) 魑魅燃せば不老さうらふ櫨紅葉　[秋・晩秋]
(16) 紫音叉算置き悪戯らむ　[雑]
(17) 高い名は小唄や道後花筏　[春・晩春] 花の定座①
(18) 花クローバーBar678　[春・晩春]

【名残ノ表　ナオ】

(19) 《トラジ》らし酔ふ菜花笛しらしらと　[春・晩春]
(20) 斑雪消ゆ雪消ゆレダは　[春・三春]
(21) 蝙蝠はまさか逆さま巴里も雨下　[夏・三夏]
(22) 炉越しに声を汚穢粉にジゴロ　[雑]
(23) 血だ今か誰が割かれた鎌鼬　[冬・三冬]
(24) 勇魚になさい細小魚になさい　[冬・三冬]
(25) 風は北聳ゆる指ぞ舵機は是か　[冬・三冬]

(26) 串甲斐甲斐しく櫛僻僻しく ［雑］

(27) 三日が積み翡翠せばか水鏡 ［夏・三夏］

(28) 忌々しきは吐きし蝸牛 ［夏・三夏］

(29) 明月は三場の晩さ八景目 ［秋・仲秋］月の定座③

(30) 木琴の啄木鳥のんき雲 ［秋・三秋］

【名残ノ裏　ナウ】

(31) 巣で気功色鳥とろい動きです ［秋・三秋］

(32) 自動織機の菊良し疎し ［秋・三秋］

(33) 水炎立ちていでチタン得鋳ず ［雑］

(34) 柳諸子は羽衣着なや ［春・三春］

(35) 死か花か字句はや白紙仮名はカシ ［春・晩春］花の定座②

(36) うらうら新規吟じ朗々 ［春・三春］挙句

——回文歌仙　春《流し雛か》の巻　了

「ラムネも」の巻　（夏）

(1) 中村座ラムネも眠らざらむかな　［夏・三夏］発句

(2) 涼し葉のうら廊の端鈴　［夏・三夏］脇

(3) 照ればやも衆芳芒種靄晴れて　［夏・仲夏］第三

(4) 木槿が影を桶が影汲む　［秋・初秋］

(5) 名月が蚯蚓貸す耳担げ夢　［秋・仲秋］月の定座①

(6) 烏滸か奇話の日々野分加護を　［秋・仲秋］

註解

回文連句《流し雛か》につづく独吟、夏季発句、題して《ラムネも》の巻の始まりです。

春には花の座があり、秋には月の座という具合に雅（みやび）は春秋のものといわんばかりです。それでは夏は俗で復権ができないのかと考えました。

(1) 中村座ラムネも眠らざらむかな

——なかむらざ　らむねも　ねむらざらむかな

いつも眠そうな顔をしているラムネ。下手な芝居には売店のラムネも、居眠りの欠伸のひとつも出るだろうが、当代随一の名優の芸、さすがにおくびすら出まい。

中村座（なかむらざ）：江戸三座のひとつ。猿若座。芝居小屋の一般名称として。
ラムネ：「玉詰びん」という特徴ある瓶に詰められたレモネード（サイダー）のこと。季語・三夏。
ざらむ：打消の助動詞「ず」の未然形「ざら」＋推量・意志の助動詞「む」。……しないだろう。

当季「夏」の発句でスタートです。依然、独吟ですから複数吟とは異なり、主客の改まった挨拶抜き、強いて今の気分を述べるなら、前歌仙の挙句没（ボツ）になった「根なしの花」が本来の意味とは異なるが、無意識にお芝居の句を引き出したのかもしれません。

芭蕉の夏、「市中は」の巻では〈市中は物のにほひや夏の月〉と、発句から月の登場です。そして脇句が有名な芭蕉の付けの〈あつしあつしと門（かど）かどの声〉ですから、あえて逆の「涼し」で考えました。

お芝居とは異なり俳句に関連しては「江戸座」があります。芭蕉が亡くなったのちの、江戸趣味の俳句を作った俳人たちの総称です。特に其角系の一派をいいます。洒脱と機智を生かした都会風のセンスを持ち味にしました。

(2) 涼し葉のうら廊の端鈴

——すずしはのうら　らうのはしすず

名優のよくとおる声色(こわいろ)もどきに、木の葉の裏が廊下の奥にある風鈴の音に共振している。その澄んだ音には生き返る思いだ。

涼し（すずし）：暑さの中にあってこその涼しさを表現するときに使います。秋の涼しは「新涼」、「初涼」といい区別しています。

脇は発句と同季節・同所・同時刻で、発句の余情で付ける体言留(たいげんどめ)というきまりです。夏の景物で言添(いいそ)えています。二句一意(にくいちい)（発句と脇句が一体化した関係をいう）、長短相(あい)俟(ま)って景情を構成しています。短句を考えるとき趣きに慣れるために長句を並行して作ることが多いのですが、このときはこんな句でした。

○ 涼しさや涼しさ師事すやさし数珠

——すずしさや　すゞしさしゞす　やさしずず

季語の「涼しさ」は、夏の暑さの中にあってこその格別の涼味を本意とする、と歳時記にある。然らばこの対比効果を見習おう。心頭滅却して火もまた涼し。この偈(げ)のもとにお数珠(じゅず)をまさぐっていると、だんだん優しい気持ちになってくる。

繰り返し記号「ゞ」を文字として回文構造に取り込んでみようと試みました。江戸文学には盛んに用いられたおもしろい工夫だと思います。回文の場合正読みと逆読みで「ゝ」の読みが変わることでこの句が回文として成立しています。これが回文ルール違反ではないのかどうかは別問題。

(3) 照ればやも衆芳芒種靄晴れて

——てればやも　しゅうはうばうしゅ　もやはれて

照ったからいろいろの花が芳香を発しだしたのだろうか。いい香りにつられてお天道様が顔を出したのだろうか、芒種の時季の靄が霧消(むしょう)している。

衆芳（しゅうほう）：多くの匂のよい花。
芒種（ぼうしゅ）：二十四節気の一。五月の節気。太陽暦で六月六日ごろ。イネ科植物の穎(えい)のある植物の種をまくことからの命名。季語・仲夏。鶯が鳴かなくなる。

梅の実が黄色くなる。腐った草が蒸れ、蛍になる。鵙（もず）初めて鳴く。

ばや：確定条件への疑問。〜だから〜なのだろうか。この用法の場合、活用語の已然形につく。

注意したいのは、これは回文俳句としては失格ということです。「しゅ」を二字1音（逆読みしても「しゅ」）としていることです。これははっきり禁則です。「しゅ」は逆読みでは「ゆし」となります。

また連句としても、発句が「かな」留めのとき第三は「にて」留めは差合（支障があること）です。ここは「て」留なのでこの方面では合格したのですが……回文俳句として肯（がえ）んじ得ない欠点があるということでボツ。（歌仙・春「流し雛か」の巻七句目の拗音についての説明をご覧ください）

○ 品文字に真清水積みし間虹もなし

――しなもじに　ましみづつみしま　にじもなし

「淼」は、岩清水を積み上げたかたちだ。崩れる時には虹がたつのかな。

品文字（しなもじ）：三つのものが「品」の字のような形に並んでいるさま。また、積んであるさま。品字（ひんじ）。例えば、「水」が三つで淼（びょう）、水面が果てしなく広がっているさま。淼淼（びょうびょう）。淼漫（びょうまん）。

清水（しみず）：三夏の季語。屋外への転じの誘い。

秋 水 一 斗 も り つ く す 夜 ぞ　芭蕉（「狂句こがらしの」の巻（冬の日））

漏刻（ミズ時計）で水一斗が漏壺に落ち切ってしまうような秋の夜長、という表現からシュールな印象を受けたのでヒントにしました。人情無（にんじょうなし）の句。

「品文字」の話題が出たのでついでに、と言っちゃナンですが、「字」のはなし。日本に文字が無かった時代は漢字を借りて国文を綴りました。やがて日本人の祖先はかな文字を創案しました。

○ 京 が 真 仮 名 の な か ま 借 り し な か

——かなじりが　まがなのなかま　かりしなか

真仮名でもない「京」が、どうやって「かな」のなかに潜りこんだのだろう？
その答えがこの句だって？　どれどれ……

真仮名（まがな）：漢字を、そのまま国語の音を表すために用いたもの。男仮名。

万葉仮名。か／加・可、な／那・奈……など。

京（かなじり）：仮名尻。いろは四十七文字の最後に付け加えられることによる別称。「いろは」はもともと、「いろはに……ゑひもせす京」となっていました（「ん」はありませんでした）。

(4) 木 槿 が 影 を 桶 が 影 汲 む

——むくげがかげを をけがかげくむ

ムクゲが水面に影を落としている。水を汲んでいるひとの様子は、木槿の影を桶の影が汲んでいるように見えるのがなんとも面白い。

が：【格助詞】連体修飾格を表す用法。「の」と同じ。所有・所属・同格などの関係を表します。

白居易の詩集「白氏文集」の「松樹千年終是朽　槿花一日自為栄」は、松は千年というけれどいずれは朽ち果てるが、ムクゲは一日の命でもその生を謳歌する、という意味なのに「槿花一朝の夢」と一日花のほうに誤解されて、はかない存在の代名詞にされてしまっています。韓国の国花「無窮花」、旧約聖書の雅歌に「シャロンのばら」、ハイビスカス、茶の底紅、と各地で珍重されている古い花です。誤解は残念なことです。

第四句から平句になります。四句目は一巻のなかで特に軽い句を付けるところです。門のまえの風景とみて其場付。他の句。

文芸論用語に「花も実も」という文言がありますが、「花」は表現技巧のこと、「実」は意味内容のことです。この句は花も実もあると思います。

次が月の定座です。季節が「秋」なので仲秋に限定されます。「木槿」は初秋なので季節の推移が滑らかで自然です。

「市中は」の巻より、七句目から八句目への移りは両方とも「春」で一見問題なさそうに見えますが、

7　草 村 に 蛙 こ は が る 夕 ま ぐ れ　　凡兆

8　蕗 の 芽 と り に 行 灯 ゆ り け す　　芭蕉

移りに違和感があり、なんだかすっきりしませんね。細かく見ると「蛙」は仲春で「蕗の芽」は早春、季節を逆行した付になっているのです。一般的には許容されるのですがやはりすんなり共感するために気を配りたいところです。

(5) 名月が蚯蚓貸す耳担げ夢

——めいげつが　みみずかすみみ　かつげいめ

十五夜の月がミミズに耳打ちしています。もっと元気を出しなさい。夢を持ちなさい。

蚯蚓（みみず）：目は無いが光はわかる。よく目に付くのは夏なので、夏の季語ですが、ここでは単なる景物で、季としての働きはありません。

担ぐ（かつぐ）：信仰や縁起にとらわれること。験（げん）をかつぐ。

夢（いめ）：ゆめ。上代語「寝目（いめ）」の意。

蚯蚓にも夢があるのです。「京の夢　大阪の夢」ですかね。

「蚯蚓」は春の十二句目に出していて二番煎じの感があります。で、これは捨てることにしてもうひとつのほうにしましょう。

○ 星のちも家族は苦楚か望の潮

——ほしのちも　かぞくはくそか　もちのしほ

惑星が絶滅したのちもファミリーは辛苦でしかないのか。絆(きずな)は軛(くびき)。今夜は大潮だ。

苦楚（くそ）：苦しみ。辛苦。

望（もち）：もちづき。満月。俳句では特に旧暦八月十五日、名月の日をいう。「望の潮」は月が満ちると潮がさして高くなる。葉月潮。仲秋の季語。人情自の句。前句、井戸から海へ水の縁であるとすると打越からの転じが少ないようだが、人情無から自の句に転じている。

ここまで来たところで捌きから月を四句目に引き上げてほしいという。捌きは絶対だから従うことにする。

(4) 菊　膾　月　来　つ　済　ま　な　く　記

——きくなますつき　きつすまなくき

菊膾を設(しつら)えたとき月が出た。月見団子も無くて愧(はず)かしく思った。跪(ひざまず)いて之(これ)を記(しる)す。

菊膾（きくなます）：菊の花弁をゆでて甘酢に漬けた酢の物。菊花膾。三秋の季語。「菊膾」と「月」が季重なりと見る向きもあるかもしれぬがそうはならない。

下七の口調がよくないですね。「きつ・すまなくき」は、短句下七は句調が整い難くなる二五調です。連句では短句の下(しも)について「二五四三」を嫌うので避けたほうが良いという習慣があります。しかしこの句の口調がよくないのは「すまなく・き」という形からきています。つまり四一もしくは六一の形が治(おさ)まりを損じていると見なければならないと思うのです。

落ち着きが悪いとされる「二五」を見てみましょう。例えば「雲流れゆく」という下七は「流れゆく雲」に遜色のない口調を持っています。絶対ダメと言われる「四三」。「苗木(なえき)よ蝦蟇(がま)よ」が秋「矢の菱」の巻十句目に出てくる実例ですが、四三調です。すわりが悪いようには決して思えません。やたらに式目を私設して連句を難しいものに仕立てるべきではないと思います。

月の座引き上げに伴う差し替えの句。候補もう一句、

○星のちもDNA＆望の潮

――ほしのちも　DNA and　もちのしほ

この惑星が滅びたのちも遺伝子情報そして大潮が息づいてさえすればほそぼそとであれ絶えることはないであろう。

DNA（ディー・エヌ・エー）：デオキシリボ核酸。二重らせん構造をもつ遺伝子の本体。

&（アンド）：and そして。

望（もち）：①もちづきの略。満月。②陰暦で月の十五日。特に陰暦八月のそれを指すことがある仲秋の季語。「望潮」モチシオまたはボウチョウとよむ。シオマネキと読むと潮招というカニのことになり三春の季語。（秋「矢の菱」(31)参照）

前句「淼漫」から「大潮」への移りも滑らかでいいと思います。

(5)

目がかしこ猿酒サルサ腰屈め

――めがかしこ　さるざけさるさ　こしかがめ

猿酒に酔い目がとろんとして、サルサのリズムも腰を落としたエテ公風になってきている。

猿酒：木の洞に雨や露が溜まり中の猿の食べ残しの木の実が自然発酵して酒になったもの。ましら酒。季語・三秋。

サルサ：キューバの民族音楽がジャズの影響を受けてできた。アメリカのポピュラー・ミュージック。

このごろの露天風呂は猿と混浴だそうです。付けは、その連想からですが、前句「月」に「猿」、これも遣句ですね。さしずめ、大型連休です。

○ 止めなてば木天蓼だタマはて舐めや

——やめなてば　またたびだたま　はてなめや

猫のタマがじゃれついてウルサイのでマタタビをあたえた。さあどうなるか、たいへん！

木天蓼（またたび）：落葉性蔓植物。キウイと同じ仲間。「木天蓼の花」は、仲夏。その傍題が「夏梅」。ただし、「夏梅」を見るとマタタビの別名と説明にあるが、「マタタビの花」のほうには無い。「木天蓼」は三秋の季語だが句は無い（「球根」は季語ではないが、「球根植う」という季語に実例が無いようなものかも知れません）。寡聞にして存じません。「花」のほうはたくさん詠まれている。「夏梅」を使った俳句も無い。という身元不確かな植物のようです。付けはこれも微妙ですが其人付。

「猿」にたいするにこちらは「猫」。どちらにしましょうか。「猿」が初出なので猿にしましょうか。そうしましょう。

(6) 烏滸か奇話の日々野分加護を

——をこかきわのひび　のわきかごを

愚かな人知で地変が多いが、せめて颱風からお加護を……

烏滸（おこ）：愚かなさま。前句「猿」からの付合ですが、……

野分（のわき）：二百十日前後に吹く颱風。野の草を吹き分ける意。季語・仲秋。

神の加護を願う気持ちを見極めて付ける有心の付。ただ、初表には神祇・釈教・恋・無常・病体・地名・人名を嫌うので、「加護」はいけません。一直（いっちょく）（手直しすること）して、

○ 烏滸か奇話の日々野分下午を

下午（かご）：午の刻をすぎたころ。ひるすぎ。午後。対語は「上午」。

としましたが中国語系和語でもあり、ちぐはぐです。すてることにし、

○憂き紆余路茱萸由々し重九

――うきうよぢしゆゆ　ゆゆしちようきう

曲がりくねった道に難儀していたら、夥しい茱萸の実に出会って癒された。そういえば今日は九月九日重陽の日ではないか。故事に倣って厄除けにすこしもらってゆこうか。

紆余路（うよじ）：曲がりくねった道。

重九（ちょうきゅう）：重陽（ちょうよう）の別称。晩秋の季語。

茱萸（しゅゆ）：菊と同じく、重陽の節句の重要アイテムだそうです。『続斎諧記』に重陽に因んだ故事があり、赤い袋に入れた茱萸（イタチハジカミ）を携えて丘に登り難を逃れたということから、九月九日に丘へピクニックに出掛ける（登高）風習となったそうです。

由々し（ゆゆし）：とんでもない。恐ろしい。すばらしい。今でいうヤバイ。

前句「猿酒・サルサ」の直情の有心として「紆余曲折」を前面に出したもの。

(6) 憂き紆余路茱萸由々し重九　再出

(7) 方位は天鶏頭と異言では藺姥　［秋・三秋］

(8) 新豆腐生地磁気風頓死　［秋・晩秋］

(9) 締めてこそ試合の日脚そこで飯　［雑］

(10) 仁王はすつくと屈すはW、Wa－Ni　［雑］

(11) 冬眠し目覚めり芽さめ新御雨と　［冬・三冬］

(12) 草尊厳死新元素咲く　［雑］

(13) 集ひ来つ篦つなぐ夏の月ひとつ　［夏・三夏］月の座②

註解

(7) 方位は天鶏頭と異言では藺姥

――はうゐはてん　けいとうといげんでは　ゐ　うば

品のいい姥（おうな）に道を尋ねたら、東西南北のいずれでもなく、すっくと「天」。「鶏頭の示す方向をごらん」だと。え？　天国への道を尋ねたのではありませんよ。でも行ってきますよ、おばあさん。おばあさんはまた蘭草の手入れをはじめました。でもおばあさんは異言②ではないのかな？　異言①だと亥の方向「北北西」なんですけどねえ。

異言（いげん）：①違った意見。異論。②キリスト教で霊媒の発する言葉。交霊術で宗教的恍惚状態に陥った口寄せの発する言葉。

蘭姥（ゐうば）：「ゐ」は蘭草（ゐぐさ）と亥（ゐ）（十二支の第十二。日時や方角を示す。ここでは方角「北北西」）。

前句九月九日は山に登って菊酒を祝う「登高」という別名があり、「方位は天」と品位を見定めたものです。

鶏頭の季は三秋、蘭草の季は三夏。通常は季重なりとなりますが、ここでは蘭草の姥を幻想上の人と考え鶏頭の「三秋」の句にしています。

「方位鶏頭宇土池蘭姥」とすれば口調は整えられますが、ここでは中身を重視して字余りも内容に添うと考えました。

(8) 新豆腐生地磁気風頓死

――しんどうふきじ　じきふうとんし

新大豆の豆腐が出たそうだ。あの生地のなめらかさには純情一途な磁気嵐はぱったり、だろう。

新豆腐（しんどうふ）：秋に収穫された新大豆で作った豆腐のこと。新蕎麦、新酒と同じく、その年の収穫を寿ぐ気持ちがある。歳時記により、初秋と晩秋とがある。

磁気風（じきふう）：地磁気の強さと向きが急激に変化する現象。太陽からの荷電子流が原因。磁気嵐。通信電波障害を生じる。

頓死（とんし）：急死。「動きが止まる」ことを「（風が）死ぬ」といいます。連句の場合は、「名詞留」の効用が一般俳句のような余韻を残す「省略」としてよりも、隣接句との「連携」を考えたためのケースが多いように思います。同じ名詞留もこのような動名詞（活用語由来の名詞）が多く見られ、発展し易さを重視しているようです。「収まってしまう」静的目的の切字か、「動き出す」ための誘引を帯びた動的文末処理かの違いです。一般俳句が詠嘆を期待して終止形で終えるのに対し連体形留にするのもその目的が違うからです。

さて話を戻せば、前句磁針が天を指すのは極冠に於ける現象であり地磁気の詞付。秋の句は五句（限度）続きました。月も四句目に出ており素秋（一連の秋の句の中に月の句がないこと。嫌いのひとつ）ではないことを確認して八句目を終わります。

⑼　締めてこそ試合の日脚そこで飯

——しめてこそ　しあひのひあし　そこでめし

> 試合の日も迫ってきた。「諦める」ではなく「締める」だ。字がちがう。気分を締めてかかろう。まず飯だ。

日脚（ひあし）：①昼間の長さ。②雲の切れ目や物の隙間などから差し込む日光。③一日分の段取り。スケジュール。

前句「新豆腐」が振る舞われた選手に見替えたものです。「頓死」にコールドゲームを連想した付け味です。おそらく、負け癖がついているのですね、ここの選手。

⑽　仁王はすつくと屈すはW、Wa－Ni

——にわうはすつくと　くつすは　う　わに

形相もおどろおどろしくすっくと立つ仁王は降参したワニを踏みつけている。

仁王（におう）：寺門の両側に安置した一対の阿吽（あうん）の相の仏教護持の神像。

前句の試合のモチーフを神話的象徴風に相撲の初っ切り（しょっきり）の図柄に見替えた。匂付。

⑾ 冬眠し目覚めり芽さめ新御雨と

――とうみんし　めざめりめさめ　しんみうと

草木も冬眠するのです。三冬の句ですが、もすこし趣向を凝らして「夏の中の冬」の句を詠んでみましょう。

○ 夏爐への登高航と伸べ櫓綱

――なつろへの　とうかうかうと　のべろつな

夏爐（なつろ）：北国山間地方では夏も暖をとるため爐をおく。

「なつろ」と読めば、俳句の夏の季語。「かろ」と読めば辞書にも載っている普通の日本語で「冬扇」とともに、役立たず、の意味になります。「なつろ」は当然辞書には無い。夏だけ火を入れる爐ではないからです。ただ、夏にあっても炉にかじりつく気分は冬の物だとしておきましょう。「夏中の冬」。これ面白いですからね。

登高（とうこう）：登山。面白いことに、晩秋の季語としている歳時記があります。これは「重陽の行事」に特定したためなのです。六句目に「重陽」は出しているのでここでの句意は「航」についての趣向です。

航（こう）：船で移動すること。

「船頭多くして船山に登る」という格言があります。その船の頭（かしら）である船長さんが何人もいたら指図をする人の意見がまとまらず、目的の場所に着かなかったり、見当違いの場所に進んでいってしまうという意味ですね。このことから転じて、指図する人ばかりが多くても結果、物事というのは上手く運ばない、計画通りに進まない、という意味のことわざとして使われるようになりました。このことわざをヒントに作った句です。

船が山越えする映画がありましたね。「フィッツカラルド　Fitzcarraldo」（監督：ヴェルナー・ヘルツォーク、出演：クラウス・キンスキー、クラウディア・カルディナーレ、1982年ドイツ映画）。オペラ好きがこうじて、アマゾン川の上流にオペラハウスを建設しようとするフィッツカラルドという自称実業家が主人公です。巨大な船で山を越えてしまうという映画です。一艘の船が場違いにも高地を、今しも山小屋目指して登っています。ヒトは、とかく無意味なことに挑戦して面白がっている動物です。ギネスブックというものがあります。内容と共にそれ自体が無意味なのに。

しかし、やはり「季」が気になります。

○二都落葉太棹さどふ撥音に

——にとおちば　ふとざをさどふ　ばちおとに

> 〽霧たちこめるロンドンのルーシー哀れ……太棹も湿りがちなバチ音に、心を動かされたか、はらはらと落ち葉が降りかかります。

二都（にと）：二都といえば倫敦（ロンドン）と巴里（パリ）ですね。そうです。ディケンズの『二都物語』、禁断の恋ゆえに悲劇となった舞台です。

太棹（ふとざお）：義太夫節の三味線。

落葉（おちば）：俳句では、はらはらと落ちる枯葉の風情も、地面に散り敷いている葉も押しなべて「落葉」といい、三冬の季語になっています。

さどふ（さどう）：【動詞四段】愛に溺れる。迷う。

前句を大国主命の所作と見て二都物語の翻案を試みた付けです。

⑿ 草 尊 厳 死 新 元 素 咲 く

――くさそんげんし　しんげんそさく

生物が無生物になるのは新しく鉱物が誕生することなのです。周期律表の２ページ目など考えられますか、あなた。

尊厳死（そんげんし）：植物状態にある患者などに対し生命維持装置などの人為的な延命をやめ自然の意思に沿わせること。

ボツになった前句の話、巨船が通った後は大量の樹木や草が枯死しました。いわゆる「尊厳死」と異なる尊厳死があるのです。草が枯れ尊厳死するのは一顧に値せずとお思いか。それ自体は大したことではないとお考えか。が、そのことで新元素が太棹から発生するに違いないことが「お家たいへん」なのですよ。メンデレーエフの周期律表はご覧の通り満杯なのですから。

⒀ 集ひ来つ箆つなぐ夏の月ひとつ

——つどひきつ　のつなぐなつの　つきひとつ

どやどやとやって来たわれわれが見たのは、連ねた矢竹に月がぼんやり懸ってい
る情景だった。われわれは議論をつづけた、尊厳死などとんでもない。「自然に帰
れ」と。

箆（の）：①竹の一種。矢竹の異名。②矢の竹の部分。矢がら。

同じ趣向で季を秋にするのはカンタン。

○ 集ひ来つノンポリ盆の月ひとつ

——つどひきつ　のんぽりぼんの　つきひとつ

ノンシャランな連中が無遠慮に割り込んできた。初秋の清々しい月がひとつ天空
にかかっていた。

ノンポリ：政治問題に無関心なことまたは人。「無政府主義者」略して「シュギ

シャ」（という）と翻訳したくなるのですが、月とスッポン。こちらはアナーキストといい立派な思想です。他方、ノンポリは、エミールなどは知りませんから、モチロン論争なんてしません。

盆の月：名月のひと月前の月。旧暦七月十五日の月。

ノンポリやシュギシャが、そして藪蚊がうるさいとて竹藪の持ち主がシャシャリ出てきます。エミールとは無縁のもうひとり。それが次の句。

○竹伐る気勿論路地も伐る気下駄

——たけきるき　もちろんろぢも　きるきげた

路地に面した竹林は風情があっていいのにあの下駄男伐る気満々だよ。

じゃ、『エミール』を書いた教祖のルソー本人にご登場願おう。

○ルソー剃るひととはと問ひルソー剃る

——るそーそる　ひとゝはとゝひ　るそーそる

執筆に倦(う)んで顔をアタリながらルソーは考える。「小さな大人だって？　とんでもない。こどもはこどもだ。こどもに髭の上手な剃り方を教える今の教育は間違っている」

〈子どもの発見者〉は、ひとしきり、「自然に帰れ」と独りごちるのであった。

ルソー：ジャン・ジャック・ルソー　フランスの社会科学思想家。

「自然に帰れ」とは彼はひとことも言ったことはないそうだ。彼の思想の集約として語られてきたがどうもそうではないらしい。七十年も信じてきてバカみたい。それよりもルソーは「結んでひらいて」の作曲家なんだってね。「ウッソー」と言いたくなるけど本当の話。オペラ「村の占い師」の第八場のパントマイム劇で用いられたそうです。日本では童謡以外に讃美歌・軍歌としても、そして世界中で歌われている由。

(13) 集ひ来つ篦つなぐ夏の月ひとつ　再出

(14) 汐ゆつくりと鳥来梅雨星　［夏・仲夏］

(15) 自然だろ腰掛けかしこロダンせし　［雑］

(16) 桜影か木々影から草　［春・晩春］

(17) 吉野咲く那覇散る千花種の詩よ　［春・晩春］花の定座①

(18) 徒労狼煙鵺うらうらと　［春・三春］

註解

十四句目が本来、月の定座です。この座は夏の当番、十四句目は短句なので引き上げてちゃんとした長句で夏の月を出したいと思いました。前の句が冬では冬から夏へ直接季移りとなり禁忌にかかるので普通、雑の句を介在させる手法をとります。十三句目はそれに重ねて内容的にも変異の兆しを含んだものにしたいと思い、前々句の参考句「夏の炉」というような夏のような冬のような季を考えたわけです。芭蕉の例があり、「木のもとに」の巻の16（秋）17（春）間は一見、胴体着陸ズシーンです。

15　秋風の船をこはがる波の音　曲水（秋）
16　雁ゆくかたや白子若松　芭蕉（秋）
17　千部読花の盛りの一身田　珍碩（春）

季移りを避けるため「雁」に春と秋の両義性を持たせています。「雁」「かりがね」「雁の棹」「雁」という季語はちょっと変わったところがあります。秋。「雁帰る」「雁の別れ」春。「雁渡」秋。冬鳥である雁は、十月頃寒地から来て、春にまた北方に帰ります。従って「来る雁」（秋）と「帰る雁」（春）を区別することに気を付けるべき季語です。「ゆく」は、去ることで、来るとは反対語ですから、芭蕉は次が春であることを意識した上で春を誘ったものだと思います。秋に春を同居させて軟着陸した面白い例です。

次の例も季移りとされかねないものですが、夏から秋へ、秋から冬へといった自然の季節の推移に沿った順送りの移りは忌避する季移りには当たらないと思います。

31　柴の戸や蕎麦ぬすまれて歌をよむ　史邦（秋）
32　ぬのこ着習ふ風の夕ぐれ　凡兆（冬）
（「鳶の羽も」の巻）

無理な季節の飛び移りのようにはみえません。季節に逆行していないので滑らかな進行に見えるのです。この場合季移りを避けると称してあいだに雑の句を挟んだりすると折角の流れがぶち壊しにされてしまいます。

(14) 汐ゆつくりと鳥来梅雨星

――しほゆつくりと　とりくつゆぼし

夏の渚は鳥の姿も見えゆっくり季節もうつろい始めている。あの星は梅雨の使いのものだろうか。いまは静かな海岸に人が集まるのももう近い。

梅雨星（つゆぼし）：「梅雨（つゆ）の星」仲夏の季語。麦星。麦熟れ星。魚獲りには鳥がおこぼれを狙って集まる景を添える付け味です。

(15) 自然だろ腰掛けかしこロダンせし

――しぜんだろ　こしかけかしこ　ろだんせし

ごく自然なことだろう、あそこの展示場で《考える人》をまねて腰掛便器でポーズとるのは。それとも「痔」の座薬のコマーシャル撮りかな。

かしこ：形容詞の「かしこし」から。女性の手紙の末尾に書いて敬意を表した。恐れ多いことながら。はばかりながら。「はばかり」はその後トイレの異称になったが、ここでは「彼処（かしこ）」で、あそこ、の意。

打越のボツ句、エミールに着想を得たが水回り家具展示場に転じました。前句の季節を「自然」で受け止めた、雑。

⒃ 桜影か木々影から草

——さくらかげか　きぎかげからくさ

水面に揺らめいている桜の枝から草が生えているように見えたが、樹は虚像で草は実際の岸辺の草だったのはおもしろい。

桜影：水面に映った桜のこと。梶井基次郎の、「桜の樹の下には屍体が埋まつてゐる！」という冒頭文で有名な散文詩の本歌取りです。満開の桜やかげろうの生の美のうちに屍体という醜や死を透視し、惨劇を想像するというデカダンスの心理が描かれています。付けは前句のロダンの銅像をそのまま受け止めたものとなっています。「桜」の文言がありますが、これは植物の花であり「正（しょう）

花」ではないので「花の座」を掠めることにはなりません。（春「流し雛か」⑰参照）次が花の、花前です。「桜影」は「花」を引き出す役割です。

満開の桜が水面に映っている。桜の下にはこの世のものとは思えぬ妖気が漂っており、木陰の下草さえもなにやら怪しい雰囲気だ。

＊

詩人は言語を破壊する。

詩人は言葉を美しく磨いてくれる、埋もれ隠れているコトバに息を吹き込んでくれる。そう思っていましたが実はそうではありません。どうかすると新規の発想を飛ばそうとして鉱脈の乱掘に走り、日本語を駄目にする張本人なのです。

俳句も詩の一員である以上、変わった表現を工夫するあまり、旧来の正しい表現に対して月並み陳腐として鼻であしらう始末です。本来の意味内容を意識的に逸脱するのが詩人なのです。

梅咲いて庭中に青鮫が来ている　　金子兜太

天に唾するようなものだが、説明を聞かなければわからないのでは感動するのに時間がかかる。ウケ狙いの奇想天外の言い回しに面白がってもいられない。反省を含めての思いです。

俳句は類句が多く模倣句の疑いによって授賞取り消しになるトラブルがあちこちで発生しているが、短詩の宿命と座視していいものでしょうか。

さて、類句の多さに嘆いたのは、なにもいまにはじまったことではありません（『去来抄』ほか）。

十七音短詩というきわめて限定された小さなうつわにコトバを盛るアソビである以上、逃れることのできない宿命のようです。

類句が多いのは好ましいことではないが咎めることはできないと思います。題詠の投句ではそれぞれ似通ってはいるが作者それぞれのまがいなき「わたしの句」なのです。

ニホンゴの音の数は50音と有限なのでその組み合わせは限られたカズであり、子規は俳句の命数は明治年間で尽きると予想していました。いまだに俳句が洪水のように生産され続けられるのは奇怪としか思えませんが、俳句を延命させる方法がないではないですがここで述べることではありません。

樫の木の花にかまはぬ姿かな　芭蕉
桐の木の風にかまはぬ落葉かな　凡兆

其角は凡兆の句を「等類」と言ったのに対し去来は、似ているけれども意味が違うから「同巣」だと弁護したそうです。

「等類」というのは、着想・趣向・表現が他の句と類似すること、です。「類句」ということですね、早い話が。

「同巣」というのは、いわば、換骨奪胎(かんこつだったい)です。つまり、手法を借りて別の素材を当てはめること、です。

このエピソードを聞いたとき、「同巣」のほうが盗作に近い気がして悪いと思ったのですが……

去来は同巣であっても真似したほうが優れていれば結果オーライだと言いました。そんなもんですかね。

句片のどれひとつ自分で作ったものは無い、すべて先人の句の断片(パーツ)を拾い集めてアセンブリしただけだと嘆いた上田五千石。そこまで考えればヤッテランナイとなりますが、次の句を、ごろうじろ——

浜風になぐれて高き蝶々かな　石鼎

谷風に吹きそらさる、蜻蛉かな　鬼城

一湾をたあんと開く猟銃音　誓子

秋の谷とうんと銃の冴かな　青畝

凩や星吹きこぼす海の上　子規

凩や海に夕日を吹き落とす　漱石

われわれがヤッたら刺されます。よい子はマネしないでね、というしかありませんね。

結論。類句はしかたがない、というのは簡単。発想をトバそう！　盗作はダメ。贋作もダメ。剽窃は絶対の×。

自分の句のなら……いや、ダメです。発表公開されたらその句は独り立ちするので後の句は「類句」なのです。

芭蕉は自作の句、〈清滝や浪にちりなき夏の月〉を、後年、〈白菊の目に立て見るちりもなし〉ができたので〈清滝の〉は破棄するといいました。〈清滝や〉は世の中に存在しない句になったのです。

○清滝よどこからか琴佳きだ斧

――きよたきよ　どこからかこと　よきだよき

なあ斧よ。滝の水の石打つ音は琴の音いろのように美しいなあ。

八月や六日九日十五日　作者無数

自作品だとして句碑があちこちにあるそうですよ。

類句のキメの話としてこんなにも相応しいハナシはないですよねえ。俳句は商標登録しない限り「詠人知らず」としてもいいのじゃないでしょうかね。

⑰ 吉野咲く那覇散る千花種の詩よ

——よしのさく　なはちるちはな　くさのしよ

吉野で桜が見ごろのとき、那覇では散りおわったころだ。あいだの諸州はいろいろな種類の桜がさまざまな様態を見せ詩人を楽しませてくれる。

花の定座です。

「桜」と「花」は、連句上の扱いを異にしますが、「花」と「桜」の付合はどうでしょうか。「花」に「桜」を付けることは禁忌、逆に「桜」に「花」を付けることは「このましいことではない」とされています。いずれも「花」を称揚する妨げになるから、というのが理由です。しかし形式的に禁忌を設けることはほとんど意味のないことで内容ごとに是非を求めるのが正しい態度だと思います。

⒅ 徒労狼煙鵺うらうらと

――とらうらうえん　ぬえうらうらと

> のろしは無駄だった。「ぬえ」は春の日差しを浴びてのどかに伸び伸びしているではないか。

鵺（ぬえ）：頭は猿、体は狸、尾は蛇、脚は虎の怪獣。得体のしれない人物。

うらうら（麗麗）：うらら。三春の季語。「ゆらゆら」と同源。擬態語。派生して形容動詞の「麗ら（うら）」「麗か（うらら）」ができました。名詞は「麗かさ（うらら）」です。

前句、日本列島をヌエと見立て替えして、地方によって桜の時季に遅れはあるが春は春だという移りです。

(18) 徒労狼煙鵜うらうらと　再出

(19) はかどるは昼寝も寝る日春de河馬　［春・三春］

(20) 屋根裏修司愁思老寝屋　［夏・初夏］

(21) 時鳥逃げだしたげに好き「と」と「ほ」　［夏・三夏］

(22) 釣忍軒きのふの知りつ　［夏・三夏］

(23) 嗣子詩誦す孜々ししし四時清し四至　［雑］

(24) 耶蘇の異教は忘形の征矢　［雑］

註解

(19) はかどるは昼寝も寝る日春de河馬

——はかどるは　ひるねもねるひ　はるドかば

ウチの宿六（やどろく）は朝寝を昼寝につなぐような性分で、いわば動物図鑑の「春のカバ」といったところでしょうか。あれでなかなか掃除の邪魔にならないように気を使って移動しているんですよ。

中七が「昼寝兼ねる日」でもいいということですね。ヌエを河馬に見替えたというより「うらうら」を具体化したら春の河馬だったというほうがふさわしい場面です。宿六を直接、亭主と直視せず河馬にしたところが俳諧です。

本道に戻ったと見たが、まだゆがみの残った裏移りでしたね。現代俳句もタネが枯渇したのか、「河馬」やら「青鮫」などヘンな題材を選ぶようになりましたね。俳句がもがいています。

⒇ 屋根裏修司愁思老寝屋

——やねうらしうじ　しうしらうねや

修司が玉葱を吊るした屋根裏、その修司を偲んだ一介の老俗が忌夜を過ごし思いを一片の漢詩に託している。

修司（しゅうじ）：寺山修司　一九八三年五月四日没。天井桟敷主宰。「毛皮のマリー」「書を捨てよ町へ出よう」「奴婢訓」など。

吊るされて玉葱芽ぐむ納屋ふかくツルゲエネフを初めて読みき　修司

本歌取りオマージュ。

俳句の漢詩化の遊び。心付（前句の心象を見定めて句を付けること）。前句を修司の創作した寓話と見ても面白いが、宮沢賢治になりそうなので避けることにしました。修司の俳句、

父を嗅ぐ書斎に犀を幻想し　修司

の犀は犀を介して寺山修司を連想させました。

(21) 時鳥逃げだしたげに好き「と」と「ほ」

——ほととぎす　にげだしたげに　すきととほ

そばに居たたまれないほど好きな人、いっしょにお泊りしたいほど、ホの字のひと。このほとほと切ない気持ちはホトトギスのけたたましい叫びそのものです。

あけすけな恋の句。昔から恋の口説(くぜつ)にホトトギスは欠かせないようです。次の別解も面白いとは思いませんか。読みは同じです。

○ 時鳥逃げだしたげに好きと杜甫

——ほととぎす　にげだしたげに　すきととほ

ホトトギスが、「もう逃げ出したくなるほど杜甫先生が好き」と言ってます。ホトトギスは芭蕉をはじめ、日本の子規、漱石諸々の文人の声を代弁したのでしょう。

時鳥（ほととぎす）：「ホトトギス」は俳句の季語の最右翼・三夏。〈春は花夏ほととぎす秋は月冬雪さえてすずしかりけり〉（道元禅師和歌集）と、雪月花にならぶ夏の重要なアイテム。それだけに当て字も多く、「時鳥」「杜鵑」「霍公鳥」「子規」「不如帰」「蜀魂」「杜宇」「田鵑」……読みはすべてホトトギス。文学や伝説では、「卯月鳥」「早苗鳥」「あやめ鳥」「橘鳥」「時つ鳥」「いもせ鳥」「たま迎え鳥」「しでの田長」……が登場する。「杜鵑草」も読みはホトトギスなので、要注意。こちらの季は仲秋。「杜鵑花」もあり、こちらの季は仲夏で読みはサツキ。

「ほととぎす」は和歌の枕詞でもある。昔からウグイス同様その初音が愛された。これほど日本・中国で愛される鳥も珍しい。鳴き声も「テッペンカケタカ」や「特許許可局」などと武骨に聞きなされている。赤い舌が血を吐くように見えること、托卵することなど特徴があるせいかもしれない。

「と」：との字。泊る意の文字詞。

「ほ」：ほの字。惚れる、惚れた人の隠語。

この「と」と「ほ」。将棋の「と金」と「歩」ではないかという人が出てきて驚きました。「歩」は敵陣に入って「成る」と金将と同格のチカラを持つように変身します。これを「と金」といいます。「歩」の駒のウラに「と」の字が彫られていて、「金」の当て字の「今」の草体であるとか、「歩」の字は「止」を止める、で止が二段重ね構造の字体なので「止」の草体だとかいろいろの説があるのですが……それはさておき、なるほどと思いました。

「杜」は中国の詩人杜甫ですが人名をつかった拙句に次がある。

○ けたたまし瓦斯洩れ百舌鳥がシマダタケ

——けたたましがすもれもずがしまだたけ

ガスの匂いを感知したのか、モズが突然、あたりの空気を切り裂くように鳴いた。鳴き声が、島田タケ！　と下働きの女を呼びつけているようで可笑しかった。九官鳥は「オタケサン」と呼ぶそうですが。

ホトトギスの話。こんなにあると同じ詠みの句でも字を替えただけで別の句としてオリジナリティを主張する人も出て来かねまい。誤字をいや正しいと横車を押すひとだって出てこないとは言い切れない。芭蕉のころは誤った仮名遣いが横行していた。

芭蕉自身は、「折る」「落つ」「音」などをまちがっている。
「霜月や」の巻からひとつ例示してみましょう。

26　おるゝはすのみたてる蓮の実　芭蕉
28　露をくきつね風やかなしき　杜国

「おるる」は「をるる」、「露をく」は「露おく」のそれぞれ間違いであることは明らかですね。ムカシのひとがまちがっても誰も咎めないのは何故？　確信犯だからです。間違えたところでの流れの軋みが面白いというのです。もうひとつ例を挙げて誤字は終わりにしましょう。俳句には多いのですよ、この誤使用が。

ぬす人の記念(かたみ)の松の吹(ふき)おれて　芭蕉（「狂句こがらしの巻」）
ふる池や蛙飛込む水のをと　芭蕉（「蛙合」）

芭蕉御大(おんたい)のみならず杜国も野坡も孤屋も、史邦、去来、重五、荷兮、……もうすべてと言っていい俳人が誤字、誤った読み仮名・送り仮名をしているのです。奇妙ですね。一流の文人たちがなぜこのような単純な間違えをしたのでしょう？　間違えたのではないのです。

運座の仕方は連衆が入れた句を、捌き手を経て執筆(しゅひつ)が記録するというふうに多くの人の手を経ているのに何故誤りがあるのか？　みな、手書きでした。ワープロと異なり「手跡」には文言の意味ばかりでなく目に映る美が加わります。美は正誤を超越するのです。墨書が生んだ確信犯だとする所以（ゆえん）です。

○ ス ト を 終 へ 六 日 の 海 霧 屁 を 落 と す

――すとをを へ むいかのかいむ へをおとす

「を」と「お」をどうでもいいとならば、これは是となる。これはペケですよね。意味は、六日間の海上ストを解く汽笛が海霧の中でとぼけた音を響かせたというのです。季語は「海霧」。うみぎり。ガス。じり。三夏。

タンポポと杜甫も朋友だったそうですよ。

○ さ う 蒲 公 英 と 杜 甫 本 当 さ

――さうたんぽぽと とほほんたうさ

そうだよ。蒲公英（ほこうえい）さんと杜甫や李白は友達なんだよ。

杜甫（とほ）：中国盛唐の李白と並び称される多数の名詩を残した詩人。

蒲公英を大詩人に擬人化しています。

蒲公英（たんぽぽ）：開花前に採取し乾燥させた漢方薬を「蒲公英」といい、その名を植物の名にした。和名のタンポポは、中国名の「黄花地丁（ばばちん）」の古称「丁婆婆」の発音からタンポポになったそうです。漢字も和名読みも中国由来ですが語源が別々だというのもおもしろいことですね。蒲公英は壮漢を思わせる立派な名ですね。余所行きの名です。杜甫の朋友は蒲氏だったのでしょう。杜甫の有名な詩、「貧交行」

翻手作雲覆手雨　（手を翻せば雲と作り　手を覆せば雨）
紛紛輕薄何須數　（紛紛たる軽薄　何ぞ数うるを須いん）
君不見管鮑貧時交　（君見ずや　管鮑貧時の交わりを）
此道今人棄如土　（この道　今人棄つること土のごとし）

「管鮑貧時の交わり」の諺がこうして流通するようになりました。きっと蒲公英を採取して飢えをしのいだのでしょうね。

新美南吉が小学校の卒業式で読んだ答辞のなかの「たんぽぽの幾日ふまれて今日の花」は、蕪村の句の盗作と言われていますが、創作でも盗作されたのでもなく引用でしょう。江戸時代の俳人の句に「たんほゝや幾日踏まれてけふの花」というよく似たものがあるそうです。

繰り返しになりますが、俳句は創作か盗作かを問うべきではないでしょう。自分の句としたければ実用新案の手続きを取れば国が保証してくれます。それ以外は公知公用の原則に沿うのが現代人の知恵だと思います。

在来種は外来種より大きめの種子で、風に乗って飛ばされた種子は、地上に落下しても秋になるまで発芽しない性質を持っており、在来種は春しか花を咲かせないがその理由は、夏草が生い茂る前に花を咲かせて種子を飛ばしてしまい、夏場は自らの葉を枯らして根だけを残した休眠状態（夏眠）になって、秋に再び葉を広げて冬越しするという、日本の自然環境に合わせた生存戦略を持っているからだそうです。夏眠は動物では肺魚など多いが植物では彼岸花ぐらいであまり無いようです。晋の陶潜「閑情賦」より、

悲商叩林　（悲商　林を叩き）
白雲依山　（白雲　山に依る）

「秋風（悲商）が林に吹き渡り、白雲が山の端にただよう」

さあタンポポさまもお目覚めですよ。

(22) 釣忍軒きのふの知りつ

――つりしのぶのき　きのふのしりつ

釣忍が軒先に昨日下げられたのをいま知ったよ。

釣忍：シノブを葉のついたまま束ね、井桁や船形に仕上げたもの。夏、軒先に吊り下げて納涼を楽しむ。軒忍。忍草（しのぶぐさ）は①シノブの別名ですが、②昔をしのぶよすが。③ノキシノブの異名。④ワスレナグサの異名。といろいろな意味があり、厄介な季語のひとつです。シノブ科シダ植物。

「忍」も日本人の好みに合うようで、世間を忍ぶ身だったり、あの頃を偲んだり、荒っぽく武道もあります。幅広い。ここでは恋離れのあしらいです。夏も三句つづいて限度。

「忍草」（雑「中今に」(5)参照）。

(23) 嗣子詩誦す孜々しししし四時清し四至

――しししずす　しししししじ　すずししし

あと継ぎが詩を熱心に朗誦している。すすり泣いてでもいるように。四季四方がすがすがしい。

嗣子（しし）：家のあとを継ぐ子。あとつぎ。
孜々（しし）：【形容動詞タリ】熱心に励むさま。
しし：すすり泣くさま。しくしく。
四時（しじ）：①春夏秋冬。四季。しいじ。②朝・昼・夕・夜。四つの時。しいじ。③一か月中の晦・朔・弦・望の四つの時。
四至（しし）：荘園・寺域などの東西南北の境界。しいし。

前句、釣忍を下げているような風雅のたしなみがある家を、子どもに日課として漢籍の素読を与えている教養人の家格と見做した付け。

中国語の早口言葉からヒントをもらいました。繞口令（快速口語）の最も易しいのが《四和十》「十四是十四、四十是四十、四是四、十是十、四十加四、四十四。」意味は、14は14、40は40……というものです。これが、スーシースーシー……とスとシを組み合わせた早口言葉になっているのです。

㉔ 耶蘇の異教は忘形の征矢

――やそのいけうは　ばうけいのそや

宗教はとかくの法衣のしたの鎧。気を付けろ。

忘形（ぼうけい）：立場の違いを問題とせず垣根を越えて親密に交わること。

征矢（そや）：鋭い鏃を取り付けた戦闘用の矢。

前句後継ぎが朗誦している漢籍のコンテンツで付けた拍子付（ひょうしづけ）。

(24) 耶蘇の異教は忘形の征矢　再出

(25) 青丹よし国内の海鯽来自余に汚鴉　［夏・三夏］

(26) 縷紅草の絡む村か能凝る　［夏・晩夏］

(27) 黒きしみ案山子麻疹か見し鬼録　［秋・三秋］

(28) 水の秋耶馬早きあの積み　［秋・三秋］

(29) 尺牘の月の野狐の九度口惜し　［秋・仲秋］月の定座③

(30) 侘助一投烏兎地異消す悲話　［冬・三冬］

註解

(25) 青丹よし国内の海鯽来自余に汚鴉

——あをによし　くぬちのちぬく　じよにをあ

堺の湾岸にチヌダイがやってきた。それはいいことだが、おまけに憎たらしいカラスまでもやってきたのは……

青丹よし（あおによし）：和歌の「奈良」「国内（くぬち）」に係る枕詞。「青丹（あをに）」は、岩緑青（いわろくしょう）。青緑色。

海鯽（ちぬ）：茅渟。クロダイの異名。和泉国沿岸の古名由来。季語・三夏。

自余（じよ）：それ以外。その他。爾余。

鴉（あ）：カラス。

日本語五十音図の初め「あ」と、おわり「を」を主題とするため、序詞（じょことば）として「あをによし」を上五に据えました。

前句欧米に対する対付（たいつけ）。次の句の渡りを忖度して海辺から内陸へと急ぐなら、

○　柴　切　る　間　木　魂　は　未　来　丸　木　橋

——しばきるま　こだまはまだこ　まるきばし

> 柴を刈っているあいだ何回も試したがとうとう木魂は帰ってこなかった。何故なんだろうねえ丸木橋クン。

未来（まだこ）：「未」は、マダとコズの二回読むので、再読文字といいます。漢語由来。yet。未（イマダ…セズ）公開（これから公開する）。非公開（公開しない）。不健康（健

康でない）。無添加（添加していない）。再読文字の、否定する意の違いわかりますか？

(26) 縷紅草の絡む村か能凝る

――るこうのからむ　むらかのうこる

人が見当たらない寒村にただ縷紅が咲き誇っている。年にいちどの奉納神事の能に、子どもも親も村が挙（こぞ）って入れあげているのだ。

縷紅草（るこうそう）：蔓で他のものに絡む。長い花梗の先に漏斗状の五裂した紅・白色の小花をつける。晩夏の季語。

能（のう）：庄内地方の黒川能のような民俗伝承の奉納神事。

前句和泉の国沿岸から少し入った寒村という時宜付（じぎのつけ）（その世、風俗に会いその時宜に適した付け）。

長点（ながてん）（すぐれもの）と自賛しているのですが……。

⑵⑺ 黒きしみ案山子麻疹か見し鬼録

——くろきしみ　かかしはしかか　みしきろく

> 案山子の手や顔が黒ずんでいるが、ハシカにかかったかい。そういえば、先生のエンマ帳に「休み」と書いてあったっけなあ。

麻疹（はしか）：ウイルスの飛沫感染によって起こる届出伝染病。
鬼録（きろく）：閻魔の芳名帳。点鬼簿。鬼籍。

前句能役者の所作が案山子に似ていることからの連想。詞付。案山子は三秋の季語。雑の句を介していないが、晩夏から秋へ、なので、いわゆる「季移り」ではありません。ソフトランディングです。

カカシを「案山子」と表記する理由は定かではない。文献に「主山は高く、山の主たる心、案山は低く上平かに机の如き意ならん、低き山の間には必田畑をひらきて耕作す、鳥おどしも、案山のほとりに立おく人形故、山僧など戯に案山子と名づけし」とあるから、丘の案山に畑があってカカシが立っていた。通りすがりの坊主がふざけて案山さんと名付けたのがはじまりということのようです。山の案内人とは、なんともはや、しゃれていますよね。カカシという日本語は害をする鳥獣よけに臭いにおいを「嗅がす」からきているそうです。因みに中国語では、「稲草人」というそうです。代名詞に「彼某（かがし）」ということばがあります。不定称の人のことで名前のわからない人や特に名前を言う必要が無い場合に、だれそれ。なにがし。それがし。某。つまり、人形の人格化が生じているのではないかとソレガシは考えています。

(28) 水の秋耶馬早きあの積み

——みづのあきやば　はやきあのつみ

耶馬渓の秋はひとあしもふた足も早く訪れる。思い出しても早かったのはそのときの馬に荷駄をつける手ばやさ。あっという間だったが雨が近かったのかな。

耶馬（渓）（やば（けい））：大分県山国川上・中流の渓谷。文人が愛した景勝の地。（秋「矢の菱」(17)参照）。

次は月の定座。手紙を書く其人付で考えてみます。

(29) 尺牘の月の野狐の九度口惜し

——しやくどくの　つきののぎつの　くどくやし

手紙にこうしたためた。「今夜は月がきれいで昼のように明るいから、狐の結婚は日延べで狐のご一統はさぞ口惜しがっている事でしょう。」

尺牘（しゃくどく）：手紙。書簡。文書。せきとく。
狐（きつ）：キツネの古称。ネは美称。
九度（くど）：三三九献（さんさんくこん）の略。三三九度。三つ組の盃を用いる儀式の献杯の作法。

「狐の嫁入り」は、狐火の行列のほかに、天気雨のこともいう。

ここの「月」は実際に賞でている月ですが、句のほうは手紙の中の月なので「噂（うわさ）ノ月」と言います。絵画・写真・映画・手紙・文芸作品・TVなどの月です。

前句の荷駄の積載の手早さに結婚の日延べという対照的な状況を配したところが俳です。

狐を介した恋の句です。こういう場合、手紙もラブレターと解釈されます。

「恋の句」は「誘い」「離れ」を含めて句数一～二。一巻に一～二か所。恋は恋でも破局に向かいそうな予感。一句にとどめておくほうがよさそうですね。

(30) 侘　助　一　投　烏　兎　地　異　消　す　悲　話

――わびすけいちとう　うとちいけすひわ

侘助の一輪を挿し終えると、天変地異をはるかに超える悲しい話が切り出されました。

侘助（わびすけ）：唐椿の一種。赤・白の一重が多い。昔から茶人が愛好した。三冬の季語。

烏兎（うと）：古代中国の伝説で、太陽にカラスが、月にウサギが棲むということから、日月。

前句、「破鏡の予兆」に至る「悲話」を語りたくなる侘助の楚々たる佇まいに転じた趣向でした。

いよいよ最終コーナー、「名残ノ裏」です。

⑽ 侘助一投烏兎地異消す悲話　再出

⑾ 鶯の群れ琴弾くひと来レムの僧　［春・三春］

⑿ 美し生糸つつつつ吐息しは　［春・晩春］

⒀ 星伸るは漁りとなす春の潮　［春・三春］

⒁ 小暗く座と座里桜句を　［春・晩春］

⒂ 闇の湧く夜の木々祈る余花の宮　［夏・初夏］花の座②

⒃ 空蟬登仙せうと見せつ羽　［夏・晩夏］挙句

註解

⑾ 鶯の群れ琴弾くひと来レムの僧
——うそのむれ　ことひくひとこ　れむのそう

鷽が喉笛を響かせて誘っている、「琴を弾く人いらっしゃいな」。無念無想の僧にはその声が美しければ美しいほど聴こえないのでした。

鷽（うそ）：雀よりも少し大きい。雄は頭部が黒く体は青灰色だが、頰から喉への薔薇色が美しい。チヒーチヒーと口笛に似たやさしい鳴き声を発する。雄を照鷽（ノドが淡紅色）、雌を雨鷽（オスの照りに対しての名。ノドが赤くない）とも。琴を弾くような動作から、琴弾鳥の異名も。うそぶく（口笛を吹く）という方言が名前の由来。三春の季語。「鷽替」という有名な季語がありますがこれは新年の行事です。

方言は日本語の宝です。標準語には愛着はないが郷土のことばには愛着があります。共通語にくらべて地方語は不便ですが不便なところがとてもいいと思います。共通語さえ通じにくくなっている祖国。これでいいのでしょうか。「京へ筑紫に坂東さ」という俗諺がありますが、この共通語の意味がわからなくなっているのではないでしょうか。

来（こ）：く（来）の命令形の古形。来い。

レム：Windows系コンピューター用語。バッチファイルの中に注釈を書いておくためのコマンドが「rem」です。「rem」以降に書いてあることをコンピューターは無視します。ここでは「僧」に擬人化しました。

前句「侘助」色から、ウソの喉元の色への移りで色立付です。

⑶2 美し生糸つつつつ吐息しは

——はしきいと　つつつつ　といきしは

つつつ——、張った生糸を伝って寂しさの雫が走る。夢二式美人画「黒船屋」、蚕の吐息から生まれた吐息が洩れる。

つつつつ：擬態語。伝わりすべるさま。物の様態性質を感覚的に音声化して表現することを擬態語という。オノマトペ。擬態語から派生した日本語があまたある。そもそもニホンゴは、オノマトペそのものだ!?

蚕（かいこ）は晩春の季語。繭（まゆ）は初夏の季語。前句琴の糸からのイメージ。匂付。このさき三十四句目を差し替えることになり、「美しき」をそちらで使うということなのでこの句も捨てることになった。捌きの指示には従わねばならない。

○ 残る雪日日日日消ゆるこの

——のこるゆきひび　ひびきゆるこの

春の陽の届かないところはまだ雪が残っている。時期に取り残されていても遠からず消えてゆくさだめに滅びゆく者の美しさをひしひしと感じるのだ。

残る雪：仲春の季語。

「連歌の句末にのの字、座一句といへども、いまだ一切見ざる所也」（『連理秘抄』）。ここに一句示したる次第なり。

(33) 星伸るは漁りとなす春の潮

——ほしのるは　すなどりとなす　はるのしほ

星が腰をそらせているのは魚を獲っているのだな、と春の潮は思うのである。

伸る（のる）：「伸るか反るか」。「反り返る」の意味。

(34) 小暗く座と座里桜句を

——をぐらくざとざ　さとざくらくを

桜堤で句座を持っている。夢のなかのように暗い。そう、夢見る星座のように……

里桜（さとざくら）：ヤマザクラ系の栽培桜の総称。ヤエザクラ・ボタンザクラなど。

「桜」と「花」が隣り合わせになることの是非ですが、十六句目十七句目「花の定座①」で触れましたが、「桜」が先行することによって次の「花」を賞美する障りになってはいけないことは当然で芭蕉の句座では皆無だそうです。逆に「花」に「桜」が付くことは先行の「花」に実体がない場合は、「根なしの花」として実際の「桜」を付けてもいいそうだが好ましくはないとされています。従ってここは差し替えるほうがベターであるとされる向きも無いとは言えず、次の句を用意しました。

○ 地 骨 欠 き し は 美 し き 且 つ 東 風

——ちこつかきしは　はしきかつこち

地球の岩石を音もなく崩すのは、「風」。それも氷河を砕き雪を解かす、みんなが待ち望んでいた美しい東かぜ、そして春の潮なのです。

地骨（ちこつ）：石の異名。転じて、物事の根幹部分。
東風（こち）：ひがしかぜ。こちかぜ。雪を解かす春風で三春の季語。

次、三十五句目は、その名も匂ノ花。巻の最高の句位なので場の貴人か宗匠が付ける習いです。

(35) 闇の湧く夜の木々祈る余花の宮
――やみのわく　よるのきぎのる　よくわのみや

> 青葉の中に亡霊のように咲き残っているわずかな桜、されど桜。夜宮の森は低い祈りの音に満ちている。

余花（よか）：若葉の花。青葉の花。夏桜。初夏の季語。夏になって若葉の中に咲き残る桜の花をいう。寒い地域や高い山などに見られる。立夏前の桜は残花（季・晩春）、立夏後は余花（季・初夏）になる。

夏山の青葉まじりの遅桜はつ花よりもめづらしきかな　藤原盛房（『金葉集』）

前句「小暗きさくら」ならば其場付。前句の季・春から夏の桜への移りは自然の運行で、季移りにはならない。「地骨」の句に変わっても「東風」が三春なので不都合はない。

(36) 空蟬登仙せうと見せつ羽

――うつせみとうせん　せうとみせつう

蟬は最初、新しい旅立ちが、うまくゆかなかったのですが、今度こそ羽化登仙しようと羽を大きく広げて見せました。

羽化登仙（うかとうせん）：蘇軾（そしょく）の漢詩、「前赤壁賦」に見える熟語。羽根が生えて天に昇ること。もともとは、酒に酔った気分をいう。

空蟬（うつせみ）：晩夏の季語。「うつせみ」の本当の意味は、①今現在生きている人間。②転じて、現世。世間。です。ところが、漢字を当てるときに、「空蟬」「虚蟬」と表記したところから「蟬のぬけがら」の意が生じ、和歌で〈うつせみの〉が枕詞として、「むなしい」「はかない」という原義から離れた意味に定着しました。よしあしは別として、「現し身（うつしみ）」よりも「空蟬」のほうはしゃれっ気があっておもしろいですからね。

現に生きている。現実だ。うつつである。ということを「現（うつ）し」【形容詞シク】といい、それから、現人（うつしおみ）現事（うつしごと）などたくさんの熟語が生じ、世俗の、現世の、夢ではない現実（うつつ）の、という使われ方をしています。だからほんとうは、盛んに鳴いているセミのほうがウツセミで、抜け殻のほうはムナシゼミというべきなのでしょうね。

当季「夏」ではじめた歌仙なので当季「夏」で納めます。式目にはありませんが、このほうが合理的です。

＊＊

句上

ここでは独吟なので、季節と季ごとの長句・短句の明細を記します。

季	長	短	計
春	四	四	八
夏	六	六	十二
秋	四	四	八
冬	一	一	二

雑	三	三	六
			計三十六句

当季「夏」発句なので、夏の句が最も多い十二句です。ついで多いのが春秋の八句ずつ、自然を友とする俳句では、雑は少ないほど良いので、六句に抑えました。主役は夏ですが冬も偲んで二句ちゃんと入っています。

季捌きのバランスのよい歌仙一巻になりました。

夏　回文歌仙《ラムネも》の巻（総覧）

【初折ノ表　オ】

(1) 中村座ラムネも眠らざらむかな　［夏・三夏］発句

(2) 涼し葉のうら廊の端鈴　［夏・三夏］脇

(3) 品文字に真清水積みし間虹もなし　［夏・三夏］第三

(4) 星のちもＤＮＡ＆望の潮　［秋・仲秋］月の座①

(5) 目がかしこ猿酒サルサ腰屈め　［秋・三秋］

(6) 憂き紆余路茱萸由々し重九　［秋・晩秋］

【初折ノ裏　ウ】

(7) 方位は天鶏頭と異言では藺姥　［秋・三秋］

(8) 新豆腐生地磁気風頓死　［秋・晩秋］

(9) 締めてこそ試合の日脚そこで飯　［雑］

(10) 仁王はすつくと屈すはW、Wa－Ni　［雑］

(11) 二都落葉太棹さどふ撥音に　［冬・三冬］

(12) 草 尊 厳 死 新 元 素 咲 く 〔雑〕

(13) 集ひ来つ篦つなぐ夏の月ひとつ 〔夏・三夏〕月の座②

(14) 汐ゆつくりと鳥来梅雨星 〔夏・仲夏〕

(15) 自然だろ腰掛けかしこロダンせし 〔雑〕

(16) 桜 影 か 木 々 影 か ら 草 〔春・晩春〕

(17) 吉野咲く那覇散る千花種の詩よ 〔春・晩春〕花の定座①

(18) 徒 労 狼 煙 鵺 う ら う ら と 〔春・三春〕

【名残ノ表　ナオ】

(19) はかどるは昼寝も寝る日春de河馬 〔春・三春〕

(20) 屋 根 裏 修 司 愁 思 老 寝 屋 〔夏・初夏〕

(21) 時鳥逃げだしたげに好き「と」と「ほ」 〔夏・三夏〕

(22) 釣 忍 軒 き の ふ の 知 り つ 〔夏・三夏〕

(23) 嗣子詩誦す孜々ししし四時清し四至 〔雑〕

(24) 耶 蘇 の 異 教 は 忘 形 の 征 矢 〔雑〕

(25) 青丹よし国内の海鯽来自余に汚鴉 〔夏・三夏〕

(26)縷紅草の絡む村か能凝る　［夏・晩夏］
(27)黒きしみ案山子麻疹か見し鬼録　［秋・三秋］
(28)水の秋耶馬早きあの積み　［秋・三秋］
(29)尺牘の月の野狐の九度口惜し　［秋・仲秋］月の定座③
(30)侘助一投烏兎地異消す悲話　［冬・三冬］

【名残ノ裏　ナウ】

(31)鶯の群れ琴弾くひと来レムの僧　［春・三春］
(32)残る雪日日日日消ゆるこの　［春・仲春］
(33)星伸るは漁りとなす春の潮　［春・三春］
(34)地骨欠きしは美しき且つ東風　［春・三春］
(35)闇の湧く夜の木々祈る余花の宮　［夏・初夏］花の定座②
(36)空蟬登仙せうと見せつ羽　［夏・晩夏］挙句

——回文歌仙　夏《ラムネも》の巻　了

「矢の菱」の巻（秋）

(1) 長き夜の鴟尾の矢の菱のよきかな　［秋・三秋］発句

(2) 微光す残暑辰砂雛湧く日　［秋・初秋］脇

(3) 村屢次来つ野分や奇話の月知るらむ　［秋・仲秋］第三　月の座①

(4) 筆柿太く句問ふ几下帖　［秋・晩秋］四句目

(5) 縷羅解くや身に沁む虫に脈診らる　［秋・三秋］

(6) 小春日和と鳥よ放る擹　［冬・初冬］

註解

回文連句三巻目、秋季発句、題して《矢の菱》の巻の始まりです。
初折――初表六句初裏十二句からなる一ノ折です。
右にまず、初表六句を示しました。歌仙の顔です。引き続き独吟です。

(1) 長き夜の鴟尾の矢の菱のよきかな

――ながきよの　しびのやの　ひしのよきかな

城郭の飾り瓦の、魔除けの矢印にある菱型の紋が、夜目にも際立って見えているがいいものだな。

「長き夜のとをの眠り（ねぶり）のみなめざめなみのりふねのをとのよきかな。詩歌ともに、順逆に読んで義のすむを回文と云ふ也」（『王澤不渇抄』上）回文和歌の元祖とされるこの作品へのオマージュとして発句に据えました。

長き夜（ながきよ）：実際に最も夜が長いのは秋ではなくて冬至（冬の季語）ですが、同じことを俳句では感覚的には昼が短いと執（と）り、「短日」（冬の季語）といいます。「長き夜」は、夏の短夜のあとなのでとりわけ、夜がめっきり長くなったように感じる、秋の感覚を本意としているのです。季語は三秋となっていますが、この成り立ちから初秋に限られるべきだと思います。夜業や読書に気が向くのもこの時期で、落ち着いて何かしたくなる秋の独特な気分をも持っている言葉なのでしょう。ちょうど逆なのが昼をいう「永き日」で、春の季語。注意したいのは「春の日永」と「秋の夜長」の漢字「なが」の使い分けです。「長い」と「永い」はどう違うのでしょうか。端が存在し、はっきりわかるのが「長」、端が無いか、あってもはっきりわからないのが「永」です。季語での使い分けはこれを感覚的に捉え表現していて見事です。

鴟尾（しび）：古代の建造物の大棟の、両端の飾り瓦。防災の呪（まじな）いとしている。とびのお。

なお、右記『王澤不渇抄』に引用された回文和歌をそのまま俳句にすると、

長き夜のとをの子のをとのよきかな

秋の夜長にひそかな鼠（ねず）泣きが聞こえてくるのもいいものだな。

子（ね）：ねずみ。

秋の夜長にひそかな鼠泣きが聞こえてくるのもいいものだな、となりますが、よくない。本歌が悪意で、「音」をオトでなくヲトと誤っているのも気になるし、下七を下五にするとき句跨（またが）りになるのも気に食わない。というわけで、これはボツです。「悪意」というのは通常の意味の悪意ではなく、法律用語の悪意、です。右、念のため。

「鴟尾」をテーマに回文の短歌を詠んでみました。

○　悲商熄み　孟秋の月　昨夜棚田　そこ桶の牛　馬明夜鴟尾

——ひしやうやみ　まうしうのつき　こぞたなだ　そこきつのうし　うまみやうやしび

秋風が吹き止んだ。初秋の月は、昨日は棚田に翳を映していたが、今は小屋の水桶の牛を照らしている。やがて馬小屋にまわり、明夜は寺の瓦に懸っていることだろう。

悲商（ひしょう）：秋風（の音）のこと。秋風は人に一種悲涼な感じを与える。その音が「商」の音と同じことによる。出自は、晋の陶潜詠漢詩「閑情賦」（夏「ラムネも」(21)参照）。

孟秋（もうしゅう）：「孟」は、初め、の意味。初秋。七月／孟秋、八月／仲秋、九月／季秋という。また、兄弟を上から孟・仲・季という。孟女／長女のこと。孟春・孟夏など。似たコトバで、「孟浪」は、とりとめのない、でたらめなこと。おもしろい当て字は、孟徳尓定律（メンデルの法則）。

漢詩仕様の回文短歌の試みでした。

(2)　微光す残暑辰砂雛湧く日

——びくわうすざんしよ　しんさすうわくひ

残暑。すべてのものが微光を怪しく輻射している。おぞましい朱色の辰砂が盛んに醗酵増殖している。

辰砂（しんしゃ・しんさ）：（中国の辰州で産する砂の意）①水銀の硫化鉱物。結晶片は鮮紅色でダイヤモンド光沢がある。水銀の原料。朱色の顔料。有毒。朱砂。丹砂。丹朱。②陶磁器で銅を発色剤として高温で焼成された鮮紅色のガラス質の膜。辰砂釉。

都会には季節がない。とすれば雑を気分で秋とも夏の砂漠とも見替えていい。

○ ルビの字とすこしく死語す途次のビル
——るびのじと　すこしくしごす　とじのびる

ビルの辰砂いろに毒々しく光っている電飾広告の古文に、知っている古語で話しかけてみた。外出の途中でのこと。

ルビ：振り仮名。
死語（しご）：古語で廃（すた）れた言葉。廃語。

残暑という文字はどこにもありませんが、全体として残暑を感じさせる句です。季語が無くても有季という句があってもいいのではないでしょうか。

脇句は、発句の存問（安否を問うこと。慰問。存候）に対する返礼の役割です。発句と同季・同所・同時刻で、発句の余情で付け、体言留（名詞どめ）というきまりです。

(3) 村屢次来つ野分や奇話の月知るらむ

——むらるじきつ　のわきやきわの　つきしるらむ

この村をたびたび襲った台風の起こすいろいろな出来事の一部始終をあまさずこの月は知っているのだろうな。

屢次（るじ）：しばしば。たびたび。
野分（のわき）：野の草を吹き分ける強い風。二百十日。二百二十日。暴風。仲秋の季語。
らむ：推量の助動詞。
奇話（きわ）：奇妙な話。珍談。

「野分」と「月」はここでは文脈上共存するもので、季重なりには当たりません。

このような同季のみならず異季の場合もあり得ます。ニンゲンの想念は季節の垣根を軽々と飛び越すのです。

一月の川一月の谷の中　飯田龍太

当たり前のことを淡々と述べているだけの句ですが、これは真夏に詠んだ句と考えられるときにその重層的な人間の想念の不条理性に打たれて感動するのです。因みに、「一月の川」はポルトガル語でリオデジャネイロといいます。別の世界がひろがりはじめるのを感じます。一月の終わりは、真夏のさなか、ブラジルこぞって一番忙しい時期です。エスコーラ・デ・サンバは、やまの中腹にあるファベイラから眼下に見える一月の谷の中で沸き立っています。映画《黒いオルフェ》。ひとつの語彙（ごい）から生まれる概念（イデア）はひとつではなく十人十色（じゅうにんといろ）に羽ばたくのです。

寒村の年貢高（ねんぐだか）の検地が来るのを村人は「野分」と揶揄（やゆ）していて、月の際に来るので朔の有明月は知らないのだろうなあ、と解釈する人がいて驚きました。しかしこの解はソッポです。なぜなら、「奇話」キワを「際」（の月）としているからです。「際」は、キハであってキワではありません。

「秋季」発句の歌仙だけは五句目の月の定座を引き上げる特別な習慣があります。ここでも二句引き上げて第三に当てました。

第三は「留」に細かい式目があり、「に」「にて」「らん」「もなし」留が常道ですが、発句が「かな」留めなので第三は「にて」で留めてはならず、発句・脇句の腰（座五・下七）に「手」の文字があれば「て」留はいけないきまりです。また、発句の切字に推量や疑問を示す助詞・助動詞（「む」「むず」「めり」「なり」「らし」「まし」など）が用いられている場合は「らむ（らん）」留は使えません。というわけでここでは「らむ留」にすることができます。句割れ・句跨りもありません。季戻りもない上々のスタートになりました。

次は四句目。ここから平句です。自由に回しましょう。急がば回せ、といいますから。

(4) 筆柿太く句問ふ几下帖

——ふでがきふとく　くとふきかてふ

柿すだれが見事だ。句帖が嘱目吟（しょくもくぎん）（即興的に目に触れたものを句にすること）の催促をしている。

筆柿（ふでがき）：実のかたちが筆の穂先に似ているのでこういう。別名、珍宝柿・ちんぽ柿。早生。富有柿・次郎柿よりもひと月早い。

几下帖（きかちょう）：几は、机。覚え書き。メモ帖。

野分にまつわる奇話のひとつ、吹き落とされず残っている筆柿の珍名で付けました。時宜(じぎ)の匂付。いささか内容的に、楽屋落ちですが、前句が人情自(じ)であるのに対して「句問ふ」と人情を他(た)(柿)に託したのが俳諧です。

(5) 縷羅解くや身に沁む虫に脈診らる

——るらとくや　みにしむむしに　みやくとらる

下着を着かえていたら、身に沁みるように鳴いていた虫がすぐに手首に飛び乗ってきた。医者が脈を取っているように……

縷(る)：糸。
羅(ら)：うすく織った絹布。
や：【接続助詞】やいなや。するとすぐに。切字ではありません。

秋の句数は五句まで続けることができます。前句柿簾(かきすだれ)を句帖に書いていた人の其人付。自他半から人情自の句への移りです。

(6) 小春日和と鳥よ放る揆

——こはるびよりと　とりよひるはご

> 気持ちの良い冬のひとひだ。鳥も気分よく囀っている。鳥もちなど抛りだそうではないか。

揆（はご）：黐（もち）を塗った竹・樹枝のこと。小鳥を捕る。

小春日和（こはるびより）：「小春」「小六月」は、旧暦十月の異名。俳句では、更に「小春」「小六月」に「日和」の意味をもたせ、「小春空」「小春風」などといいます。

遺句でした。穏やかな軽い句風です。

(6) 小春日和と鳥よ放る擹　再出

(7) 冬至粥手に柚子湯にて瑜伽舅　［冬・仲冬］

(8) 冬の浜波みなマハの結ふ　［冬・三冬］

(9) 手にすれば飛び立つ旅とパレスにて　［雑］

(10) 能日佳花苗木よ蟇よ　［夏・三夏］

(11) 捨てた本意舟筏芒種庵建てず　［夏・仲夏］

(12) 日剝いだは涙七夕祝ひ　［秋・初秋］

註解

(7) 冬至粥手に柚子湯にて瑜伽舅

——とうじがゆ　てにゆずゆにて　ゆがしうと

うちの舅は元気なもので、冬至がゆを柚子湯に持ち込み、おまけにヨーガをしているんだから。

冬至（とうじ）：二十四節気の一。太陽が最も南行し、昼間が最も短い。十一月中気。南至。一陽来復。仲冬の季語。無病息災を祈って柚子風呂に入ったり、粥や南瓜を食したりする。冬至粥も季語。

季語の重複があからさまですが、無病息災を強調するあまりの年寄りの滑稽なクドさと考えました。ヨーガ（瑜伽）とは「心と体を結ぶ」という意味ですからヒマラヤでなく柚子湯が最もふさわしい場所と思います。「冬至」は冬の季語のなかで最も穏やかな雰囲気を蔵する季語なので前句「小春」によく馴染む感じです。移りはそのあたり。

(8) 冬の浜波みなマハの結ふ

——ふゆのはまなみ　みなまはのゆふ

冬の浜辺は規則正しい正弦波を描いている。風呂桶の水紋が伝動したのではなく、遠くスペイン娘がバレンシアの海辺で水浴に興じて波を起こしているのだ。

マハ：Maja スペイン語。小粋なマドリード娘。「裸のマハ」フランシスコ・デ・ゴヤの油絵があくまであたまにあります。

前句「湯浴み」の詞付。女性の名があるのは「恋の句」と見做されます。初折折端、折立、と冬に入っています。冬の句数は一～三句なので次は季を転じなければなりません。というわけで雑の句にしましょうか。

⑼ 手にすれば飛び立つ旅とパレスにて

――てにすれば　とびたつたびと　ぱれすにて

ビザが下りたらすぐ海外に飛びますと、スポーツパレスで隣の人に話していた。

雑の句。単なる報告ではなく、わくわくした感じと気ぜわしさが隣り合っている気分、すなわち有心其人付（前句の構想から人物を想定し、その人物の人柄・態度・動静などを見分け言外のものを補足する付け）。どう見ても、前句、恋の句の恋離れ。「にて留」の軽い第三の句格ですね。俳句が浮き浮きしています。

⑽ 能　日　佳　花　苗　木　よ　蟇　よ

――よきひよきはな　なはぎよひきよ

佳い花よ、よい苗木よ。おお、ひきがえるよ。いい日だなあ。

「なは」は「なへ（苗）」の意。

雑の句を介して冬から夏へ大変換しました。前句「旅立ち」は日を選ぶことからの類推ですが、遣句（遁句・逃句。あっさり付け捨てる句）です。

余談ですが、「蝦蟇」（ヒキガエルの俗称）を植物にしたらパイナップルでしょうか。

○ 松林檎虫食ひ供しむ狐狸妻

——まつりんご　むしくひくしむ　こんりづま

疑い深い夫はあの実直な妻を信用せず逆に悪態をつく始末です。出させた南洋林檎に虫食いの跡があるのは自然食品の証（あかし）だというのに……

松林檎（まつりんご）：パイナップル。鳳梨（ほうり）。あななす。菠蘿（ぽうろ）。季語・晩夏。八月一日パインの日。

供す（くす）：差しだす。そなえる。

⑾ 捨てた本意舟筏芒種庵建てず

——すてたほい　しうばつばうしゅ　いほたてず

もう芒種ですか。本音をいえば近くに庵を持ちたかったのですが、こころざしかなわず、未だに小舟住まいの昨今です。

本意（ほい）：本来の意図や気分。真意。本義。本懐。
芒種（ぼうしゅ）：二十四節気の一。芒種の「芒」とはイネ科の植物が実ったとき先端にある突起「ノギ」のことをいいます。そのイネ科の植物の種をまく時期ですという意味です。新暦では六月六日ごろ。季語・仲夏。

付けは水の縁です。あ、またヤッチャッテますね。これ拗音の処理が御法度です。句としてはきれいな句で捨てるのはもったいないのですが、（春「流し雛か」(7)参照）作り直します。

○ 彳々乎つつき鳴きつつ仔くつくつ

――つくつくこ　つつきなきつつ　こくつくつ

所在無げにヨシキリが鳴いたり突いたりしている、親はギョッギョッ、仔はコッコッ。

彳々（つくつく）：後記詳細参照。

乎（こ）：他の語について形容動詞をつくる。「確乎」「断乎」これら現在は確固、断固に置き換えられています。

歌仙「霜月や」の巻（冬の日）の発句に「彳々」があり、

霜月や鸛の彳々ならびゐて　荷兮

鸛（こう）：鶴の一種。コウツル・コウノトリの異名。

彳々（つくつく）：つくねんと、なすことなく茫然と佇むさま。

と「解説」にあります。そもそも、この句からして破格で、発句なのに「て留」になっています（発句に必須の切字は「や」「かな」「けり」など）。それは別として、「彳（てき）」（左足の意）は中国由来の詞で「亍（ちょく）」（右足の意）と対になっています。彳亍（てきちょく）①すこし歩いては止まる。②佇む。③行きつ戻りつする。④あちこち歩きまわる。というわけで「行」ができました。「てくてく」は現在も使われています。

さて回文俳句の「彳（と亍）」は「行」で「行々子（ぎょうぎょうし）」です。「ギョッギョッ」と鳴くのでつけられた葭切（よしきり）の異名です。渡り鳥。季語・三夏。

行々子大河はしんと流れけり　一茶

「ぼうふら」といい、象形文字はおもしろいですね。絵文字の祖先ですからね。鳴き声による付けと言えますかね。前句ガマはなんて鳴くんでしたっけ。あ、「ぼうふら」の漢字の話もしておきましょうか。ついでですから連句にしておきましょう。二十四句目をごらんください。

あ、それから「くつくつ」は、ムカシは笑い声の擬声語（ぎせいご）でしたが現代ではすっかり廃れました。で、やむを得ず解釈を右記のように変えました。

う〜ん、季節がはっきりしませんね。差し替え――

○　梅雨入二里傘屋のやさが利に利出づ

――ついりにり　かさやのやさが　りにりいづ

このあたりが梅雨に入った。いつもは俳句などひねっている傘屋の主人も大忙し。大儲けしたとか、雀のうわさ。

梅雨入（ついり）：入梅。仲夏の季語。

やさ（**艶・優・風流**）：自然を楽しみ詩歌を作って生活する風流人。艶隠者（やさいんじゃ）の略。

付は前句「蟇」が呼びよせた、とさ。

⑿ 日剝いだは涙七夕祝ひ

――ひはいだはなだ　たなばたいはひ

恋の病は日ぐすり。日にちが経てば薄紙を剝ぐように治ります。そして今夜は待ちに待った七夕まつり。

七夕（たなばた）：五節句、人日（一月七日）・上巳（三月三日）・端午（五月五日）・七夕（七月七日）・重陽（九月九日）の一。牽牛星と織女星の愛の祭り。

恋の句。大切にしたいので、「七夕」は長句でも作ってみました。

○ 茶の椐七夕は涙枝斜すの野致

――ちやのすはえ　たなばたはなだ　えはすのやち

七夕は悲しい物語だ。茶席の床には、折角の細くまっすぐな若枝を斜めに撓めて活けてある。確かに野趣には富んでいるが……

楉（すわえ）：すんなりとまっすぐな枝。

野致（やち）：鄙びた味わい。野趣。

「七夕」はすべて恋の句になる珍しい季語です。いけない。恋の句は八句目にすでに出したのでした。いくら何でもここ、十二句目では近すぎます。捌きの判断により次句に差し替えます。同じ初秋の句です。

○まだ生身魂まだ見き板間

――まだいきみたま　まだみきいたま

ありがたいことにふたおやは元気でして死ぬ気配は微塵もありません。生き盆もしてまだ板の間「任那（みまな）の間」でお茶を飲んでいますよ。

生身魂（いきみたま）：両親健在の者が行う盆。生盆（いきぼん）。蓮（はす）の飯（いい）。仏教伝来以前からあった土着信仰。釈教の句。季語・初秋。

⑿ まだ生身魂まだ見き板間　再出

⒀ 下駄逃げた茸はこの木たけに竹　［秋・晩秋］

⒁ 月明るかり里離るか秋津　［秋・仲秋］月の定座②

⒂ 品も見ず火桶も消終ひ炭もなし　［冬・三冬］

⒃ 走る猫和煦愚話ごねる芝　［春・初春］

⒄ 晨鳥落花くぐらす羅漢寺　［春・晩春］花の定座①

⒅ 九十九の海雲屑藻の藻屑　［春・三春］

註解

⒀ 下駄逃げた茸はこの木たけに竹

――げたにげた　きのこはこのき　たけにたけ

きのこは、有毒のものがあり危ないのでやまの小僧に訊いたら、「この木のものがうまい。タケは竹林」と言って下駄を鳴らして去っていった。キノコのことをタケともいうが、竹林に生えるのはタケノコ。口減らぬは門前の小僧、さては揶揄(からか)

われたかな。

前句、七夕の竹を調達した縁で知り合った宿坊の竹林という付。前句にともなってこの句も捌きの犠牲になります。差し替えです。理由はこの句の季が晩秋なので、次の月の定座が仲秋と季節の推移が逆行することになるからです。

○ 百済皃草市小さく穂殻焚く

——くだらがほ　くさいちちいさく　ほがらたく

秀でた百済(くだら)系の皃(かお)つきのひとが、草市で買った苧殻(おがら)を焚いている。

百済（くだら）：朝鮮古代三国（高句麗(こうくり)・百済(くだら)・新羅(しらぎ)）の一。三国の統治がおよばなかった朝鮮半島南部に「任那(みまな)」がある。日本の大陸文化の窓口として大きな影響を受けた。

草市：七月十二日の夜から立つ盆市。盂蘭盆の魂棚の飾り物、鬼灯、苧殻などを購(あがな)う。季語・初秋。草の市。

穂殻（ほがら）：草の穂。穂草。草の絮。草の穂絮。えのころ草、蘆、薄、萱、カヤツリグサ、などが秋に出す穂花のこと。それらが結実して棉状になったものを「草の絮」と呼ぶ。昔は道端などにいくらでもあった。草の穂は子ども達の遊びに使われ、親しまれた。

前句「任那」と百済の縁語による付けです。釈教の句が苧殻を焚くという行為に結びついています。

⒁ 月明るかり里離るか秋津

——つきあかるかり　りかるかあきつ

秋の月が皓々と照って明るいこの国から心が離れようとしているようだ。

里（り）：古里の風俗。俚。
離る（かる）：遠ざかる。間遠になる。絶える。疎遠になる。心が離れる。
秋津（あきつ）：①トンボの異名。秋の季語。②奈良辺の古地名。秋津洲（あきつしま）は日本の異称。

月の定座は正式の秋の月を持ってきた。しかし称揚するしきたりの月ではなく、屈折した心理状態を合わせているのが尋常ではない。長句の月はすでに第三で出して称揚しているのでここは短句で補う形です。
前句百済人から秋津人へのうつり。対付(たいつけ)。

(15) 品も見ず火桶も消終ひ炭もなし
——しなもみず　ひをけもけをひ　すみもなし

とうとう貧も底をついた。質草(しちぐさ)になりそうな物もないし、炭も切れてどうしたものかなあ。

火桶（ひおけ）：木製の火鉢。内側には金属板を張ってある。冬の季語。炭も冬の季語になる。ここでは一体となって併存(へいそん)季語（それぞれでは普通名詞となるところを共存することで季節の特定を互いに補強しているので季重なりと見做されない）を形成している。

前句のどうしようもない気分を受けて厭世的感懐の句で付けました。
次句が花前(はなまえ)なので秋春の季移りを回避するために冬を挟んで季節の推移を滑らかにしました。安易には雑を宛(あて)がうところですが。

⒃ 走る猫和煦愚話ごねる芝

――はしるねこわく　ぐわごねるしば

おだやかな日差しに、猫は忙し気に走っています。芝は訪れた風に愚痴をこぼしています。ひと、それぞれの春さきです。

和煦（わく）：春の日ざしの暖かく穏やかなこと。季語ではないが、「猫走る」とともに季節を特定しています。隠れ季語です。

次の花の定座を意識した花の誘いの逃句です。「猫走る」は「猫の恋」と取られかねないのはやはり見逃せない。ここに恋の句を入れたくないのです。

○ 来し春梅見み目麗しき

――きしはるうめみ　みめうるはしき

春の到来を確かめに梅見に来た麗人こそ梅の化身のように気品に満ちていた。

梅見（うめみ）：初春の季語。ほかに、観梅。梅見茶屋。なお、「初春」はショシュンと読んでください。ハツハルと読めば新年の季語になります。

前句の厭世観を達観した老体と見た付けです。其人付。人情自。

⒄ 晨烏落花くぐらす羅漢寺

——しんがらす　らくくわくぐらすらかんじ

羅漢寺の洞窟の入り口の桜吹雪を早朝の烏（からす）がかい潜（くぐ）っていた。

晨（しん）：朝。夜明け。

羅漢寺（らかんじ）：大分県耶馬渓の岩屋に五百羅漢の石仏を安置する。

落花（らっか）：桜の花が盛りを過ぎて散ること。花散る。散る桜。花吹雪。桜吹雪。飛花。花屑。花の塵。花埃。散る花。花の滝。多くの傍題（ぼうだい）がありますが、桜に限られます。連句では正花（しょうか）の扱い（「花」としないで「桜」と表現してあるものを除いて）になります。

許六（きょりく）の俳諧論書『篇突（へんつき）』に「花といへるは賞翫（しょうがん）の惣名、桜は只（ただ）一色の上也。」と芭蕉の考え方を紹介していることによります。（「花」という言葉は褒めたたえる意味が中心になっているが「桜」という単語は植物の分類・品名をたんに示しているだけなのです）

惣名（そうみょう）：総称。おおもと。粋（すい）。惣（そう）は、すべて・総じて。集めること。まとめること。たばねる。沙汰人（さたじん）を中心に寄合（よりあい）により入会権（いりあいけん）を保証すること。

一色の上（ひといろのじょう）：一種類に関して。一色：①ひとつの色。一色。②一種類。上：に関して。の面で。中国語の方向補語。英語のon。

折端です。

⒅ 九十九の海雲屑藻の藻屑

——つくものもづく　くづものもくづ

> 海産物はなんでも獲れると豪語した手前、もずくはどうよと揶揄（からか）われて九十九里浜のひと、「もずくはなんといっても九十九里浜のものがいい。よそで獲れるのは、藻は藻でも屑さ」と無い袖を振ったとさ。

九十九（つくも）：九十九里浜の略。

海雲（もずく）：季語・三春。浅い海の岩に着床するねばねばした細い褐藻（かっそう）綱。三、四月の干潮時に掻き取り、生で食べたり塩漬けにして保存する。水雲。海蘊。

付けは前句の傍題、「花屑」から藻屑への詞付。別解で「九十九歳のひとがオレはモズクの出（で）だから死んだら海葬にしてくれ藻屑になるのが理想、と言っていた」としましたが、なるほど、これも有力な意見ですね。長句でも作ってみました。

○ 海雲日々水天定す篊屑藻

——もづくひび　すいてんていす　ひびくづも

> モズクはすくすく育っている。天気も上々で、海と天の境目を定かにしているのは、ノリヒビに絡まっているただの藻屑だ。

篊（ひび）：ノリなどを着藻させる竹などで作った垣。

頼山陽の漢詩《天草洋に泊す》の「水天髣髴青一髪（すいてんほうふつせいいっぱつ）」より想を得ました。初折の十八句が終わり懐紙二枚目の名残ノ表に入ります。

では、ナオ――

(18) 九十九の海雲屑藻の藻屑　再出

(19) 流れ見す寄進三色菫かな　[春・晩春]

(20) 風車死に絶え田螺や臭腐　[春・三春]

(21) 暗青き鳥ぴり〳〵と気を荒く　[雑]

(22) 狐火寝つき樹つ根陳ねつき　[冬・三冬]

(23) ジンクスは鬼門臨模記派す軍師　[雑]

(24) 孑孑ダンスすんだら浮禹歩　[夏・三夏]

註解

折立の句です。

(19) 流れ見す寄進三色菫かな

——ながれみす　きしんさんしき　すみれかな

寺社巡りとかで若い人たちにマニアックな仏像フェチが流行しているらしい。その証拠にちょっと寺には不似合いな三色菫の鉢の寄進があったりするのだと……

切字「かな」は発句以外はできるだけ使わないという「嫌い」がありますが、皮相的に禁忌するのはいけません。「かな」の詠嘆は終助詞「な」にあり、「か」は係助詞「か」の場合と終助詞「か」の場合があります。係助詞「か」の場合は活用語の連体形の結びが省略されているのです。「(寄進)する」の省略。省略によって詠嘆が強調されている。終助詞「か」の場合は疑問の意が含まれる。発句以外当用を避けたいのは詠嘆強調の前者のほうです。「菫かな」は後者のほうです。なお、平句に前者の「かな」を使ってはいけないという主張にも与しません。ケースバイケースだと思います。「三色すみれ」は前句千葉の植物園芸特産の早出し。今の言葉で「パンジー」という。

○黄色午後のパンジー新派の心意気

——きいろごごの　ぱんじーしんぱの　こころいき

演舞場に集まってきている女衆からは口々に黄色い嬌声があがる。そして明るい黄色のパンジーの飾り看板に顔見世興行の心意気も一段と華やぎが増すようだ。

欧米由来のカタカナ語には長音記号「ー」が五十音表に加えて用いられます。俳句ではカタカナそのものを嫌い、「あいすきゃんでい」などと表記しています。ここではあえて長音記号の特質を生かして使うことを考えてみました。
昔も長音記号を使っていたからです。長音記号「ー」は仮名と同じように漢字から採ったものです。漢字ではもともと「引」と書いていましたが「弓」がとれて「ー」となりました。お経や歌謡で「阿引（アー）」のようにつかわれていたそうです。

⒇ 風 車 死 に 絶 え 田 螺 や 臭 腐

——ふうしやしにたえ　たにしやしうふ

灌漑用の風車はとまり、採るひとも無くなったタニシの腐った臭いが漂っている。農村は荒廃した。

田螺（たにし）：淡水産巻貝。農村の貴重な蛋白源。季語・三春。

風車（ふうしゃ）：羽根車を風力で回転させ動力を得る装置。無季。カザグルマと読めば、子どもの玩具で季語・三春になります。

(21) 暗 青 き 鳥 ぴ り 〱 と 気 を 荒 く

——くらあをき　とりぴりぴりと　きをあらく

青い鳥にしては黒っぽい陰気な鳥が、いらいらしながら慌ただしく木の間を飛んでいる。その落ち着きのないこと。不吉だ。

青き鳥（あおきとり）：メーテルリンクの戯曲。チルチルとミチルの兄妹が幸福の使いである青い鳥を求めてさまよう物語。

前句廃村のひとつの光景。

(22) 狐火寝つき樹つ根陳ねつき

——きつねびねつき　きつねひねつき

女狐は病み、巣の木の根は古びている。

狐火（きつねび）：夜、キツネが吐くという青白い火。鬼火。燐。狐の提灯。三冬の季語。

樹つ根（きつね）：木の根。「つ」格助詞は、体言などに付いて連体修飾語をつくるの。

陳（ひ）**ねる**：古くなる。古びている。

打越から暗い句がつづきコンテンツに発展性が無い。ここは一直（いっちょく）してでも転換を図る必要がある。

○ 炭の声聞く虞姫絵この御簾

——すみのこゑきく　ぐきゑこのみす

炭のはぜる音に耳を傾けていたら、このすだれ、虞美人が「香炉峰の雪はいかならん」と問う御簾に見えてきた。

前句の物語から虞美人の故事に連想を馳せた面影付（故事・古歌・古物語などをもとに句を付けるときその内容をほのかに示す句作にする付け方）。清少納言の有名な話ですが、どう間違えたか、虞美人の故事にしてしまった。御簾（ミス）をあげて「虞や虞やわれ汝をいかニセン」と云ったことにしましょう。それにしてもこれ筆者の御簾。

女性の名が出てくる句は恋の句になります。

(23) ジンクスは鬼門臨模記派す軍師

——じんくすは　きもんりんもき　はすぐんし

合戦に鬼門担当役人が臨書模写した軍機に従って騎兵を派遣するように軍師が計らったのは当然のことだった。

ジンクス：因縁のように思える事柄。禁忌。鬼にとってはうまくゆく方策。

鬼門（きもん）：陰陽道で鬼が出入りする門。不吉な方角。ただし鬼にとってはいい方角。

臨模（りんも）：本を見ながら書くこと。臨写と模写。

軍師（ぐんし）：①戦争の作戦を企画する人。参謀。②策士。

前句、故事に対する説話の向付。鬼・竜・虎・女など強い語句は一巻一度だけに限られます。

(24) 孑孑ダンスすんだら浮禹歩

——ぼうふらだんす　すんだらふうほ

ボウフラがフラダンスをひとしきり踊ったら、ふらふらになり、脚が棒になった。以来、ボウフラとよばれるようになったとか。

禹歩（うほ）：中国の夏の禹王が治水見回りによって足が不自由になり跛行（はこう）した故事による。千鳥足など。

孑孑（ぼうふら）：蚊の幼虫で溝、池、水槽などの淀んだ水にすむ。尾に呼吸管をもち、棒を振るようなおもしろい格好で浮いたり沈んだりする。ぼうふり。棒振虫。一週間位で羽化し成虫となる。漢字の起源は象形文字ですが、この漢字ほど実物をそっくり模写しているものもないのではないでしょうか。孑（ケツ、ケチ、ひとり）。「了」が、両腕が無い、「孑」が、右腕が無い、それぞれ、子どもの象形だそうです。そして両腕のある子どもが「子」。孑を左右逆にした字が「孒」。ケツ、キョウ。意味は、左腕が無い子ども。この字も又、ぼうふらを意味するらしい。「孑孑」「孑孒」いずれもボウフラのこと。三夏の季語。

前句、軍略をボーフラの舞と揶揄した趣向の付け。「行々子」（十一句目）で、句はボツになりましたが、象形文字としての漢字の話をしています。

(24) 孑孑ダンスすんだら浮禹歩　再出

(25) 慈悲心鳥ダンテ殿堂展示秘し　［夏・三夏］

(26) 月輪裏池に日輪離地か　［雑］

(27) かど番か気候も動き寒波とか　［冬・晩冬］

(28) そこ花屋です捨てやなばこそ　［雑］

(29) 硝子戸枠月亡き哭きつ蝌蚪すらが　［春・晩春］月の定座③

(30) 春雨ぢゃお、親父召さるは　［春・三春］

註解

(25) 慈悲心鳥ダンテ殿堂展示秘し

――じひしんてう　だんてでんだう　てんじひし

ダンテ記念館の展示書物について慈悲心鳥は、それはそれは、大事にしていていていつも11音節の詩句をかぞえているのです。ほらまた確かめている……

ダンテ：ダンテといえば《神曲》です。全体が聖数〈3〉で貫かれた三行韻詩で、地獄篇・煉獄篇・天国篇と彼岸の三国を遍歴します。三韻句の各行は11音節からなる押韻形式です。慈悲心鳥は「ジュウイチ　ジュウイチ」と鳴くので十一（じゅういち）という別名を持っていて、ダンテと結び付けたのが掲題の句です。

慈悲心鳥（じひしんちょう）：ジヒシンジヒシンという鳴き声からきた名前。先に述べたように、ジュイチージュイチーとも聞きなして、「十一」が正式の名。ホトトギス科。灰黒色で腹が錆びた赤色。三夏の季語。

秘す（ひす）：大事にしまう。奥深く秘める。現代語では、「他人に見えないようにする」意ですが、そのことは、古語では「隠す」といいます。「あらはす」の対語です。

前句ふらふらの「千鳥足」から三国巡歴の面影付。

【参考】ダンテが3と11に拘（こだわ）った「神曲」の最初の部分だけ紹介しておきましょう。地獄編　第一歌（Inferno　34歌　導入部第一歌＋33歌）あまりにも有名な部分ですね。

Nel mezzo del cammin di nostra vita
mi ritrovai per una selva oscura,

ché la diritta via era smarrita.

人生　歩みの半ば
進むはずの道はどこ　あれは
暗い森のなか

１行11音節になっています。俳句の連句のようです。

〈構造〉

Nel/mez/zo/del/cam/min/di/no/stra/vi/ta【脚韻Ａ】
mi /ri/tro/vai/pe/ru/na/sel/vao/scu/ra,【脚韻Ｂ】
ché/la /di/rit/ta/via/e/ra/smar/ri/ta.【脚韻Ａ】

神曲は韻文となっていて、全百歌詩行一四二三三行が、韻律によって貫かれています。

３行ごとにＡＢＡ・ＢＣＢ・ＣＤＣと、鎖の輪のようにつらなっていく脚韻（＝連鎖韻）つまり、３行のまとまりの３行詩（terza rima）です。

神曲自体も３部作で、――

Inferno（地獄篇：導入部第一歌＋33歌）

Purgatorio（煉獄篇：33歌）

Paradiso（天国篇：33歌）

あらゆる場所で《3》という聖数が使われるというこだわりようなのです。そういえば慈悲心鳥は三夏の季語、……というわけではありませんが……

さだめし、連句（三ツ物）イタリア版、といったところですね。

(26)月　輪　裏　池　に　日　輪　離　地　か

—がちりんりちに　にちりんりちか

月は影を裏の池に落としている。太陽は遥かな荒れ地を照らしているのだろうな。

月輪（がちりん）：旧仮名遣いでは、グワチリンとなるので、この句は違法です。正しくすると

○月　輪　裏　池　に　日　輪　離　地　分

—ぐわちりんりちに　にちりんりちわく

残月は裏の池に影を落としている。一方、太陽は遥かな荒れ地の明暗を分けた。

この句はもともと、物名歌（ぶつめいか）の隠し題「律（りち）」（きちんと実直にじぶんの役割を果たしている、の意）で詠んだものです。「離地」に「律」を含意しています。下の句の口調をいささか損なっているのがざんねんです。なお、ここは月の定座ではなく、「月輪」は一点景としてのあしらいです。雑。付けは、打添付（うちそえづけ）。慈悲と密教の月輪観の関係。

(27) かど番か気候も動き寒波とか

——かどばんか　きこうもうごき　かんぱとか

> え？　ぎりぎりのところに来たか、「転落の詩集」かあ。まいったね。冬将軍の到来とか。天気も崩れ気候も戻りまた寒くなるらしい。

角番（かどばん）：囲碁・将棋・相撲などで、もう一度負けるとその地位から転落する勝負の状態。アマチュア囲碁でも三番つづけて負けたらハンディをひとつ下げるという仲間内のルールがあります。それはもう、くやしいものです。その崖っぷちになったことを「かど」とか「カド番」とかいいます。

天相付（てんそうのつけ）（前句に対し、寒暖・晴雨などの気象を以てつける付け）。

(28) そこ花屋です捨てやなばこそ

――そこはなやです　すてやなばこそ

鬱陶しい気持ちを捨てなければ……辿ってきたら花屋に出た……花の墓場、花の屠殺場ではないか。花のいのちを弄ぶニンゲンのエゴ。

碁会所からの帰り道、くよくよと気持ちをもてあましながら、という打添付（前句の景に添えるように言い残したものを補填する）。軽い雑の句です。次は月の定座ですか。

(29) 硝子戸枠月亡き哭きつ蝌蚪すらが

――がらすどわく　つきなきなきつ　くわとすらが

ガラス窓に張り付いて無月を嘆いているのは蝌蚪だ、というのですが、オタマジャクシが窓に張り付くわけがない。これはトカゲと間違えたのでしょう。

蝌蚪（かと）：中国語で、おたまじゃくし、のこと。現代語。晩春の季語。お玉杓子。蛙の子。蝌蚪の紐。数珠子。「蜥蜴」と混同しやすいがこちらはトカゲ。

○　日向の田蝌蚪比比とわく田のたな干

——ひなたのた　くわとひひとわく　たのたなひ

日向水におたまじゃくしの卵がずらずら湧いている。この田圃ももうすぐ水が抜かれ、ほかの田のように干からびてしまうのに。

比比（ひひ）：①並び連なる様子②並んでいるものがみな同じ状態にある様子。どれもこれも。しきりに。

たな：【接頭語】動詞に付いて、すっかり。ことごとく。十分に。「たな曇る」

前句、根の無い花から水の無い両生類への転じという、自然への慈しみと人間のエゴを共通基盤とした付け。起情付（きじょうのつけ）。

おっと、ここは月の座でしたね。

○　月夜に田蝌蚪比比とわく田に余来つ

——つきよにた　くわとひひとわく　たによきつ

気持ちのいい月の夜なのに蛙の合唱が凄まじい。ぞくぞくと泡袋が生まれ水面いっぱいになることでしょう。そう思いながらわたしは畔に立っていた。

余（よ）：わたし。一人称の男の尊大な言い方。

一大事発生。ここまでたどり着くのもやっとだったのに、捌きからクレーム、「月」は三十三句目で秋に出すという。で、ここは捨てる句だったのが復活して、

〇 日 向 の 田 蝌 蚪 比 比 と わ く 田 の た な 干

——ひなたのた　くわとひひとわく　たのたなひ

焼き直しの感が払拭（ふっしょく）できないので思い切って新作を、

〇 い い 天 気 逃 げ 水 三 毛 に 金 泥 衣

——いいてんき　にげみづみけに　きんでいい

蜃気楼の撥ね水を頭からかぶった三毛猫が金色の泥まみれになって歩いてくる。
ああ今日もいい天気だ。

逃げ水（にげみず）：強い日照りによってゆくての道が水浸しのように見える現象。下位蜃気楼。地鏡。季語・晩春。

三毛（みけ）：白・黒・褐色の三色模様（ぶち）の毛の猫。

金泥（きんでい）：こんでい。金粉を膠の溶液に溶かした泥状物、日本画・写経など高級な装飾に用いる。

花屋の花が虚像であるならばこれぞ虚像と蜃気楼を出した付合でした。

⑶⓪ 春雨ぢゃお丶親父召さるは

——はるさめぢゃおお　おやぢめさるは

「春雨じゃ……」と来れば「濡れて参ろう」です。新国劇の「月形半平太」、雛菊「月様、雨が……」月形「春雨じゃ、濡れてまいろう」。という名台詞で広く知られる。親父が死んだのは、この名場面を観ていたときでしたというのです。涙雨、しとど……

(30) 春雨ぢゃお、親父召さるは　再出

(31) 潮まねき昏れゆき揺れ来キネマ星　[春・三春]

(32) ふいと一昨年巫鳥をといふ　[雑]

(33) 娑婆逃れ月と朱鷺つれかの林　[秋・仲秋] 月の座③

(34) なんか役日そ誘くやカンナ　[秋・三秋]

(35) 魑魅も那覇三線神座花紅葉　[秋・仲秋] 花の定座②

(36) 能登行秋の軒明く湯殿　[秋・晩秋] 挙句

註解

(31) 潮まねき昏れゆき揺れ来キネマ星

——しほまねき　くれゆきゆれく　きねまほし

> 潮まねきが鋏をピースサインのように掲げて浜を走り回っている。潮がしらは春のエクラン。飾る映画星（シネマスター）でもあるかのよう。

望潮（しおまねき）：三春の季語。青春映画の題名のような名前にまず惹かれます。そして習性にふさわしい洒落た命名に拍手。そしてまた、名前負けしないような演技には笑ってしまいます。（夏「ラムネも」⑷参照）

前句、「春雨ぢゃ」が往年の大スター海老様を偲ばせその句勢ではしる拍子付。

⑶2 ふいと一昨年巫鳥をといふ

——ふいとをとどし　しととをといふ

一昨年白しととを差し上げましたよね、と突然言われたので面喰（めんくら）いました。

巫鳥（しとと）：鵐。芝苔苔（しとと）。ホオジロ・アオジ・ノジコなどの総称の古名。

「一筆啓上」と囀りを聞きなしているので前句「望潮」を灯台守の知人に出す手紙と見た向付（前句に詠まれた人物に対し別人を配する付け）。

⑶3 娑婆逃れ月と朱鷺つれかの林

——しやばのがれ　つきとときつれ　かのはやし

薄汚い欲望に堕ちた俗世間に嫌気がさし朱鷺と月を伴って清浄な林に逃れてきた。

娑婆（しゃば）：俗世間。

朱鷺（とき）：鴇。桃花鳥。以前は三秋の季語だった。ペリカン目トキ科の鳥。体長は約70センチで全身白色の羽毛でおおわれている。翼や尾羽は淡紅色で美しくトキ色の語源。朱色の顔で、下方に湾曲した黒く長い嘴を持ち、春から夏にかけて繁殖する。かつては日本各地に多く生息していたが激減し人工繁殖が進められている。

前句のシトトからトキへの移り。すこしく変化に乏しい。月の定座を正規の二十九句目から四句こぼしている。これで「素秋」になるのを免れ存在感のある季節になっている。

(34) なんか役日そ誘くやカンナ

——なんかやくびそ　そびくやかんな

なんだかめでたい日のようだよ。カンナがあんなに輝いている。

役日（やくび）：節日・祝日などの特別な日。ものび。もんび。

カンナ：花カンナ。見上げるような高さで、燃え盛っているような花の赤さは炬火の如しと称され、いかにもインド原産の趣を残している。カンナ科の多年草。高いものは二メートルほどにもなり、葉も花も遠くから目に付くほど大振り。花期は長く、夏から初冬の間を咲き続ける。花の色は赤、黄、橙色などがあり、はなやかで目立ちやすい。季語・三秋。

誘く（そびく）：①誘う。②無理に連れてゆく。しょっ引く。

普通、「やくび」といえば「厄日」で、あまりよくない印象ですね。でもよかった。よかった。やはり辞書は引いてみるもんです。

(35) 魑 魅 も 那 覇 三 線 神 座 花 紅 葉

——ちみもなは　さんしんしんざ　はなもみぢ

> 桜紅葉は琉球王国からはじまる。地の精・海の精もこぞって首里に集まりサンシンが謡い神座に華が舞う。

魑魅（ちみ）：①山林・木石の精気から生じるという霊。人面鬼身。ちみ。②人の霊魂。たましい。すだま。（『和名抄』）

那覇（なは）：琉球王朝の首都首里近郊の称。

三線（さんしん）：蛇皮線。琉球の撥弦楽器。

神座（しんざ）：神霊の座所。神体を安置するところ。

秋の季語に「桜紅葉（さくらもみぢ）」という語があります。桜が紅葉したもののことです。桜の紅葉は他の木に比べ早く、九月の末にはすでに黄ばみ、早いのは落ちてしまう。美しいものではないのですが、花の座は桜を賞美する特別の句座であり、「花」は桜を賞美するための特別仕様の俳句語ですから「花紅葉」を正花として扱います。

霧に影なげてもみづる桜かな　臼田亞浪

桜紅葉しばらく照りて海暮れぬ　角川源義

前句カンナの赤さは沖縄の県花「梯梧（でいご）」に通じるとした付け、執中（しっちゅう）ノ法（前句の眼目から派生する中心のイメージに反応して付ける）です。

(36) 能登行秋の軒明く湯殿

――のとゆくあきの　のきあくゆどの

能登を行く秋の、風呂小屋の軒先が夕日で明るく映えている。

当季秋の句でおだやかに遣句に納めます。
秋の挙句でめでたく満尾しました。

＊＊

句上

この巻は独吟なので、季節と季ごとの長句・短句の明細を記します。

季	長	短	計
春	四	四	八
夏	二	二	四
秋	六	六	十二
冬	三	三	六
雑	三	三	六
			計三十六句

秋　回文歌仙《矢の菱》の巻（総覧）

【初折ノ表　オ】

(1) 長き夜の鴟尾の矢の菱のよきかな　［秋・三秋］発句

(2) 微光す残暑辰砂雛湧く日　［秋・初秋］脇

(3) 村屢次来つ野分や奇話の月知るらむ　［秋・仲秋］第三　月の座①

(4) 筆柿太く句問ふ几下帖　［秋・晩秋］四句目

(5) 縷羅解くや身に沁む虫に脈診らる　［秋・三秋］

(6) 小春日和と鳥よ放る擌　［冬・初冬］

【初折ノ裏　ウ】

(7) 冬至粥手に柚子湯にて瑜伽舅　［冬・仲冬］

(8) 冬の浜波みなマハの結ふ　［冬・三冬］

(9) 手にすれば飛び立つ旅とパレスにて　［雑］

(10) 能日佳花苗木よ蟇よ　［夏・三夏］

(11) 梅雨入二里傘屋のやさが利に利出づ　［夏・仲夏］

(12) まだ生身魂まだ見き板間　［秋・初秋］

(13) 百済児草市小さく穂殻焚く　［秋・初秋］

(14) 月明るかり里離るか秋津　［秋・仲秋］月の定座②

(15) 品も見ず火桶も消終ひ炭もなし　［冬・三冬］

(16) 来し春梅見み目麗しき　［春・初春］

(17) 晨鳥落花くぐらす羅漢寺　［春・晩春］花の定座①

(18) 九十九の海雲屑藻の藻屑　［春・三春］

【名残ノ表　ナオ】

(19) 流れ見す寄進三色菫かな　［春・晩春］

(20) 風車死に絶え田螺や臭腐　［春・三春］

(21) 暗青き鳥ぴり〳〵と気を荒く　［雑］

(22) 炭の声聞く虞姫絵この御簾　［冬・三冬］

(23) ジンクスは鬼門臨模記派す軍師　［雑］

(24) 孑孑ダンスすんだら浮禹歩　［夏・三夏］

(25) 慈悲心鳥ダンテ殿堂展示秘し　［夏・三夏］

(26) 月輪裏池に日輪離地分　［雑］

(27) かど番か気候も動き寒波とか　［冬・晩冬］

(28) そこ花屋です捨てやなばこそ　［雑］

(29) いい天気逃げ水三毛に金泥衣　［春・晩春］

(30) 春雨ぢゃお、親父召さるは　［春・三春］

【名残ノ裏　ナウ】

(31) 潮まねき昏れゆき揺れ来キネマ星　［春・三春］

(32) ふいと一昨年巫鳥をといふ　［雑］

(33) 娑婆逃れ月と朱鷺つれかの林　［秋・仲秋］月の座③

(34) なんか役日そ誘くやカンナ　［秋・三秋］

(35) 魑魅も那覇三線神座花紅葉　［秋・仲秋］花の定座②

(36) 能登行秋の軒明く湯殿　［秋・晩秋］挙句

——回文歌仙　秋《矢の菱》の巻　了

「理系訪ひ」の巻　（冬）

(1)　理系訪ひ夕星つ冬ひと鋳けり　［冬・三冬］発句

(2)　古暦ブービービーフ見よゴルフ　［冬・仲冬］脇

(3)　二丁目の月の野狐の妙八千に　［冬・三冬］第三　月の座①

(4)　初春揺しよし初春揺し佳し　［春・初春］四句目

(5)　六分抜いて残ししこの手いぬふぐり　［春・初春］

(6)　歌咲くか椰子視野角砂糖　［春・晩春］

註解

『仮名手本忠臣蔵』なら八段目。因みに大序から四段目までが「春」、五、六段目が「夏」、七段目が「秋」、そして八段目から「冬」という構成です。

凡而、ことの十分なるは欠るの兆、九分なるは充るの首なれば、八の数を以て永久の嘉瑞とし、もの〻めでたき極位与する事は、先大江都の八百八町、長にして尽ず。神に八百万神永く跡を垂給ひ、法華経の八部末世に伝へて弘く、歌書には八代集を最上とし、易に八卦、十露盤に八算、食言にも八百の相場あれば、質も八ケ月を限とす。予が膝栗毛も、此八編に至て足を洗ひ、引込思案の筆をおくこと、花の云々と『東海道中膝栗毛』の第八編の序にあるから、八段目のこの歌仙最高のデキになること疑いなし。揚底の知恵袋はたき仕舞し歌仙の趣向 拠なく滑稽の傾き、扨てご覧いただこうか。

京都の八ツ橋、〽歩み廓の八文字……と揚屋入りの太夫を見初めたときの左甚五郎は京人形、もっと八の字挙げたき折なれど、膝栗毛が八個の八に留めしを八鱈増やすも八暮の骨頂、八丁荒らしの八丁蜻蛉、冬の旅にと洒落ませう。

(1) 理系訪ひ夕星つ冬ひと鋳けり

――りけいとひ　ゆふづつつふゆ　ひといけり

> 金型ができていたので持ち帰りさっそくワセリンを塗って原料を流し込んでみた。どんなニンゲンができるのか楽しみな冬の始まりであった。理系人はサタンだ。

離型（りけい）：成型用金型の表面に離型剤を塗布して成型材料を流し込む。

離型剤（りけいざい）：パンやコンクリート、鋳物など材料を型にはめて製品を作る過程で、型から製品をスムーズに取り出すために使用される薬剤。主に金型に離型剤を塗布する形で使用され、乾燥させて被膜を作ることで、成型の対象物が金型に固着するのを防ぎます。

夕星（ゆうずつ）：ゆうがた、西の空にひときわ目立つ星。金星。宵の星。ゆうつづ。夕空に見えるときには〈宵の明星〉、暁の空に見えるときには〈明の明星〉といいます。中国では前者を長庚（ちょうこう）や太白（たいはく）。後者を啓明（けいめい）と呼びます。G・ガリレイが月と同様の満ち欠けを発見し、プトレマイオス天文学からコペルニクス天文学への転換のきっかけを作りました。五行説で金を配するので金星とも称しています。

つ：【格助詞】主に体言に付いて連体修飾語をつくる。の。

○ 理系訪ひ抜き型設計（かき）ぬひと鋳けり　［雑］

——りけいとひ　ぬきがたかきぬ　ひといけり

金型の設計技術者を遠心分離器にかけそのどろどろの粘体を金型に流し込んだ。

○ 離型剤血糊百合（ゆり）の血異材蹴り　［仲夏］

——りけいざい　ちのりゆりのち　いざいけり

離型剤に人造人間三号《ゆり》の血液を使ってみた。ユリの血は化学親和性のない異物を激しく撥いた。まるでゾンビの仕業⁉

○ 完成すニンゲン原に水仙花　［晩冬］

――かんせいす　にんげんげんに　すいせんか

ニンゲンの骨肉を原料に用いて鋳型に仕込み世界初の人工水仙を作った。これはまぎれもない科学の勝利だ。パテントを取って大儲けだ。

いろいろ作ってみました。

発句がシュールな発想で出発している。連衆に対する挨拶の役割を持っており、その意味でもかなり異様な期待を持たせられるに十分です。句形は本格的な切字「けり」を用いておりカタチとしては格調高い発句ですが、当季冬は荒れるかもしれません。

(2) 古暦ブービービーフ見よゴルフ

――ふるごよみぶーびーびーふみよごるふ

いつもブービーで賞品がビーフという体たらくさ。初めはこうではなかった。

ブービー：booby 最下位。日本のゴルフでは最下位から二番目。

ビーフ：beef 牛肉。

古暦（ふるごよみ）：十二月も押し詰まり新しい暦がくると、いま使用中の暦のイメージが微妙に変わってくるその変化が季語の本意です。「古暦」が、使わなくなった去年の暦ではないことに注意しよう。仲冬（十二月）の季語。

年初の意気込みはこうではなかった。次の句を見てください。ここは短句なので作り変えも。

○古暦記し志気見よゴルフ

——ふるごよみきし　しきみよごるふ

ことしも終わろうとしている。カレンダーにはゴルフの予定が残されている。いかにも志気（しき）の漲（みなぎ）ったマークが健気（けなげ）だが……

発句と同季・同時刻・同場所です。

金型やさんという中小企業の息抜きか付き合いか、という付合です。

脇句は体言留というきまり。外来語での名詞で留められているのも異色です。日本語独特の外来語との接点の見事な処理、長音記号を試してみたというところを買ってください。同様の手法で、「ループのプール」として、

○ きやきやとループのプールどやき山羊

――きやきやと　るーぷのぷーる　どやきやぎ

まるでヤギの集団の行水だ。ガキどもは流水プールで大はしゃぎだ。

きやきや：キャッキャッ。
ループのプール：回遊式のプール。「プール」は季語・晩夏。
どやく：【動詞四段】どやぐ。どやどやと騒ぐ。大声でわめく。

(3) 二丁目の月の野狐の妙八千に

――にちやうめの　つきののぎつの　めうやちに

一丁目もなにも二丁目なぞありはしない、ただの原っぱですがね、月夜の晩は凄いのです。野狐の火で埋め尽くされるのですよ。

狐（きつ）：キツネの古称。ネは美称。昔から人と馴染んでいて物語も頗る多い。三冬の季語。

八千（やち）：数が極めて多いこと。賞賛する気分も含んでいます。

第三まで式目に忠実に添う必要があります。「に」「て」「にて」「らん」「もなし」留、発句・脇の不気味さを余韻として残しながらもそこから大きく転じる重要な任務を帯びています。更にこの歌仙では月の定座が引き上げられ冬発句なので主役として「秋」と同格に長句を割り付けました。「冬の月」。大変です。

「オレ、きつね」という日常茶飯事に耳にするニホンゴがあります。意味が分かりますか。

会話は本質的に会話自体の時間と労力を節約する性向をもっています。会話はコトバの省エネを図ろうとする選択をしながらすすめられるということです。

話法がそのために見つけ出したのが「省略」です。しかも「省略」がことばの単なる節約にとどまらず、冗漫を避け活力をひきだすオマケがついてくるのはおもしろいことですね。

省略のありようを研究するのが言語学の実態といってもいいぐらいです。「省略法 abbreviation」です。略して abbr（アブレブ）といってます。要するに「端折り（ハショリ）」のこと。例を挙げましょう。

「ボクは親子だ」
言語としては意味を成しませんね。ナンノコッチャです。
ところがこれが食堂で注文しているシーンとなると立派なニホンゴになるのです。口々に言う、「アタシ、きつね」「オレ、たぬき」「オレ、おーもり」。日本人でわからないひとはいませんね。外国人はここで戸惑うのです。あたしはきつねうどんを注文します、を省略したものとニホンゴ学校では教えてくれない（と思う）。

これを言語学者は「うなぎ文」と名付けていますが、そんなに分類してありがたがることじゃない、アブレブに還元すれば簡単にわかることですから。

省略は省エネと同時に強調（従って、感動）を生み出します。詩や俳句はその余慶を応用した文学です。

(4) 初春揺しよし初春揺し佳し

——しょしゅんゆしよし　しょしゅんゆしよし

琴が春の音をビブラートしながら駘蕩（たいとう）として流れてくる。いいものだ。

初春（しょしゅん）：立春からの約一か月間を指す春の季語。（なお、秋「矢の菱」(16)参照）

揺す（ゆす）：琴を弾くとき左手で弦を揺らす奏法。またはその音。ビブラート。

上七と下七を同一にしてリフレインしました。音楽的な効果を加味した扱いです。前句の凄みを取り除くとのどかな祝祭めいた部分が残るのでその部分を掬い取った心付です。

春は揺れます。柳は揺れる。ブランコは揺れる。揺り椅子揺れる。春は万事、揺れるのです。

○ 老々介護小紙鳶うらうら

——ろうろうかいご　こいかうらうら

夫婦の介護は老人が老人の世話をする老々介護。空には揺れてのんびり春の凧。

紙鳶（いか）：凧（たこ）。いかのぼり。季語・三春。

うらうら（麗々）：三春の季語。麗らか。うらら。

(5) 六分抜いて残ししこの手いぬふぐり

——りくぶぬいて　のこししこのて　いぬふぐり

稼ぎの中から銀貨六枚だけ残し全財産を懐にすると陸にあがった。水夫（下級船員）を先ず迎え手引きをしたのはイヌノフグリだった。

六分（りくぶ）：一分金（江戸時代後期のビスコ形の金貨。一歩判）六枚のこと。
いぬふぐり：ゴマノハクサ科の一年草。犬の陰嚢。初春の季語。

前句の「揺れ」を水上生活の舟の揺れとした初案は次の――

○　六分怒怡むかつき摑むいぬふぐり

でしたがいかにも佶屈で水上生活者には語彙が不向きなので一直し、治定（ここはこれに決める）しましたがどうにもしっくりしなかったので捨てることにし掲句になりました。

――同じ「抜く」のが九寸五分だとテエヘンなことになりやしたが、……
――匕首かい？　呑んでねえのに抜くこたねえんじゃねえのかい。
――そうでやんした。呑んでいたモンが六分でよござんした。
――ちいとも良かねえよ。六分だあ？　大法螺吹きめ。六朱もあったもんじゃね

え。あのしみったれ、
——たいへんなイカリようですね、兄貴。さては空き巣の舟に入ったとか。
——馬鹿野郎。からかうもんじゃねえ。しかしこんどばかりはお前のいうとおりだ。
——するってえと、いぬふぐりを摑んだのは兄貴のほうで……
——おおよ。
——つかんだのはいぬふぐりは愚か「犬のクソ」で、仇を取られたりして……

（「伊勢屋稲荷に犬の糞」）

江戸時代のお金の単位：
基軸通貨（金本位）一両（＝六十匁銀＝四千文（銅銭））＝四分　一分＝四朱
補助通貨（重量制）一貫＝一千匁　一匁＝十分

一両が今の相場でざっと十万円とみていいのではないでしょうか。すると一文が二十五円、一分が二万五千円、一朱が六千二百円ぐらい。三途の川の渡し賃六文は百五十円。蝙蝠安が強請ったのが一分「……安やいこれじゃぁ一分じゃぁ帰られめぇじゃねぇか。」しがねえ恋の情が仇、命の綱の切れたのを、どう取り留めてか木更津から……名調子ご存知「与話情浮名横櫛」源氏店の場与三郎の科白でこの場の〆です。

(6) 歌咲くか椰子視野角砂糖
——うたさくかやし　しやかくざたう

外国航路。遠くからゆったりとブンガワンソロが流れて来る。紅茶農園の労働者もいまは椰子の葉擦れの音の中に憩いのときを過ごしている。テーブルのカップにゆっくり溶けてゆく角砂糖。

もと歌は、長句の

○ 歌咲くか椰子の芽の視野角砂糖
——うたさくか　やしのめのしや　かくざたう

椰子（やし）：かつて「台湾季語」として「水牛」と並んで特に人気の高い題材でした。「椰子の花」は台湾では「春」をイメージさせるものであったのに対して、日本では島崎藤村が「名も知らぬ遠き島より　流れよる椰子の実一つ　故郷（ふるさと）の岸を離れて　汝（なれ）はそも波に幾月（いくつき）」と詠んで以来、「晩夏」の季語として扱われました。

「謝肉祭」は、日本では初春の季語ですが、例えばブラジルでは晩夏になります。四季はさまざまなので、中央集権的なみかたをやめ、土地ごとに季語は定まると考えるべきでしょう。（秋「矢の菱」(3)参照）

俳句は、嘱目吟（即興的に目に触れたものを詠むこと）こそがリアルな力強さを生み出す手段であるとして奨励していますが、現実的には其の場で得た印象をまとめるだけですぐれた感銘をもたらす句になることはほとんど無いのです。通常の俳句でも吟行（短歌・俳句のヒントを得るために景色のいいところや名所旧跡に出かけてゆくこと）はすくなくなっているのが実態です。思い付きをアタマのなかでこねまわして造型する、スケッチとは程遠い手法でできあがるのが「俳句」であると言ってもいいでしょう。これを敷衍すれば、有季を金科玉条とする現今の風潮はいかがなものかとする議論に及ぶと思います。

Das ist die Liebe der Matrosen ...「狂乱のモンテカルロ」の、「これぞマドロスの恋」のシーンとして。

(6) 歌咲くか椰子視野角砂糖　再出

(7) 夜桜の蛭まとまる日の落差よ　[春・晩春]

(8) 煙解けぬは羽抜鶏無下　[夏・晩夏]

(9) 汁が実の薺話すな蚤が僂指　[夏・三夏]

(10) 士已んぬる哉哭かる瓊無やし　[雑]

(11) 菊膾いみじき沁入須磨なくき　[秋・三秋]

(12) 叢芒にて手に接吻すらむ　[秋・三秋]

註解

(7) 夜桜の蛭まとまる日の落差よ

——よざくらの　ひるまとまるひのらくさよ

桜は毛虫が好んでたかるが、昼も見られ、数が多いとげんなりする。折角の夜桜の風情も裏に潜んだ虫たちの凄まじい生業(なりわい)を思うと興覚めだ。小林一茶も蛭が嫌いだった。

人の世や山は山とて蛭が降る　一茶

蛭（ひる）：動物の体温を感じ取り付いて血を吸う。医療用として鬱血（うっけつ）を吸わせることもするが、田植に出っくわす気持ちが悪い生き物です。泉鏡花の『高野聖』に山海鼠（やまなまこ）がでてきます。川端康成の『雪国』では島村に駒子の唇をぬめぬめとした蛭のように美しいと表現させていますからここも妖艶な恋の句と見做してもいいのかもしれません。しかしどうでしょうか。蛭が桜の樹液を吸うことはないと思うのですが。

ウラ移り初句、折立です。桜の葉は虫もおいしいと見えて桜餅にするようなきれいな葉はなかなかみつかりません。
「桜」の字がありますがもちろん、非正花（ひしょうか）です。（秋「矢の菱」⒄参照）
蛭の「血を甘し」とする、前句「角砂糖」の転じです。
蛭に美を感じる人もいないではないが、かなり無理です。ニホンの美学では南国のブンガワンソロは北国の苫屋（とまや）になりますか。

○　下屋揺るは家造り朽つや春夕焼

――げやゆるは　やづくりくつや　はるゆやけ

さしかけ屋根が揺れるのはもう造作が古びて朽ちているからだな。春夕焼に染まり鄙びて美しい。

春の夕焼：単に「夕焼」といえば夏の季語ですが、春は空中に水蒸気が多く、桃色に染まった雲や、薔薇色に染まった雪嶺など、趣の違った夕焼が見られます。季は三春。傍題に春夕焼。春茜。

夕焼に「春」がついただけで言葉が美しくなりますね。うん。これにしましょう。

(8)

煙解けぬは羽抜鶏無下

——けむりとけぬは　はぬけどりむげ

鬱陶しい竈の煙が澱（よど）んでいる。自慢の羽を広げてひと煽（あお）ぎすればたちまち晴れるものを今はこのざまでございますよ。どうしようもない。

羽抜鳥（はぬけどり）：盛夏を過ぎるころから鳥の羽が抜け替わる。みすぼらしく滑稽で哀れを呼ぶ。わが身に引き寄せて俳句の格好の題材となる。傍題の「羽抜鶏」は鶏（にわとり）の換羽に限った表現。

無下（むげ）：それより下が無いこと。まったく。ひどい。

長句、

○理と消ぬは白ぐ日暮し羽抜鳥

――りとけぬは　しらぐひぐらし　はぬけどり

> 鳥たちの羽が抜け落ちる時期だ。理由を考えている暇などない。せっせと羽繕い（はねづくろい）に余念がない。

白ぐ（しらぐ）：磨いて仕上げをする。玄米を搗いて白米にすることから。

日暮し（ひぐらし）：朝から晩まで。一日中。因みに、蜩は蟬の一種で秋の季語。

蛭（ひる）や蚯蚓（みみず）を駆除（くじょ）するために鶏を飼っている農家の庭先と見替えました。其場付。

⑼汁が実の薺話すな蚤が僂指

――しるがみの　なずなはなすな　のみがるし

みそ汁の実のナズナのことを口にするな。汁の実は野草かよ、春が過ぎてもう何日か経っているのにと、蚤が指折り数えて嘲笑（あざわら）っているだろうから。

薺（なずな）：季語としては正月の七草粥に使われることから「新年」扱いですが、俳俗にいうペンペン草のこと。現代はナズナが圧倒的。文語ではナヅナだが、俳句では漢字。かな書きで〈古沢や泥にひゝつく芹なずな〉（正岡子規）が一句、目についたぐらい（これもナズナとなっている）。なお、ナヅナと詠むときは「話すな」を「放つな」に変更します。意味はかわらず。

汁が実（しるがみ）：汁の実。「が」は格助詞。連体修飾格。所有・所属・同格の関係を示す。の。

僂指（るし）：指折り数えること。

季は蚤で夏。薺は、前句、農夫の人情自。ペンペン草観相（かんそう）（世相・人生の喜怒哀楽を観察する）の付合です。

「蚤が指折り数える」ということが引っかかるでしょうか。指折ると言えば、六月六日のことですね。以下日記から、

○そこなぜか芒種痒しうば風な来そ

——そこなぜか　ばうしゆかゆしうば　かぜなこそ

芒種のころはなぜか手の届かない体のあちこちが痒くなる。風は吹くなと言っているのに来たんだね。

ば：【接続助詞】引き続いて起こる事柄についての、きっかけを表す。〜すると。「いわば」「たとえば」「しからば」「なぜならば」

芒種（ぼうしゅ）：夏「ラムネも」の巻三句目、秋「矢の菱」の巻十一句目のそれぞれ説明を見てください。三度目の挑戦の「芒種」がここの句です。ところで「指折り」のはなしですが……。初稽古（はつげいこ）は、六歳の六月六日からがよいとされる。（指折り数えるとき、6で小指が立つ→子が立つことから）世阿弥の「風姿花伝」に習い事を始める由縁（ゆえん）としている。

「6」の指折り数え方。外国ではどうか調べてみました。フランス・ドイツは片手全部ともう一方の片手の親指を立てる。中国・台湾は親指と小指を立てる（アロハの形）。因みに小指だけ立てるのは「1」だそうです。世界の蚤の僂指（るし）はどうなんでしょうね。

⑽　士巳んぬる哉哭かる瓊無やし

——しやんぬるかな　なかるぬむやし

どうしようもないな。泣かれてしまったよ、大事にしていたものが無くなったって。——男はぼやくこと、ぼやくこと。

士（し）：男子。武士。志士。

瓊（ぬ）：玉。

やし：【間投助詞】間投助詞「や」に間投助詞「し」の付いたもの。文節末にあって、詠嘆の意を表す。

遺句（むずかしく考えないでさらりと次の手にバトンタッチする）、としましたが、実は「蚤」と「瓊（たま）」には切っても切れない縁があるのです。良心が許しませんので、本当の付け心を明かしましょう。

とても小さいことを俗に「ノミキン」といいます。心は「蚤のきんたま」です。付（つけ）はこの俗諺（ぞくげん）でした。「蚤の夫婦」は辞書にありましたが、さすがに「のみきん」はありませんでした。

——大学の研究室で博士論文を書いているらしいよ。
——なにを研究しているの？
——大方、蚤の金玉でもつついているんだろ。

こんな解説の後でナンですが、これは恋の句の誘いになります。

(11) 菊膾いみじき沁入須磨なくき
——きくなます　いみじきしみい　すまなくき

膾が歯にひどくしみて、さすがのおすましやさんもいまにも泣きだしそうです。

菊膾（きくなます）：菊の花弁をゆでて甘酢に漬けた酢のもの。
いみじ：【形容詞シク】程度がはなはだしいこと。普通でない。
須磨（すま）：①御澄まし、のこと。御すましやさん。気取って真面目ぶっていること。ここでは架空の綽名。②すまし汁。

其人付。
目病み女と風邪ひき男の色気を讃える江戸時代の感覚に疑問を持ち、歯痛も故事に肖(あやか)って美化しようと思ったのですが無理のようですね。昔の女性は泣くにも「よよと泣き崩れて」風情があったのですが……

「女優　須磨子の恋」は、女優・松井須磨子と作家・島村抱月の不倫の恋を溝口健二監督、田中絹代主演で描いた映画です。解釈をこちらに切り替えると、女性の名のある句は恋の句とされます。「(須磨)なくき」で別バージョンを。

○「ぐら」泣く気「ぐり」くすぐり来聞くならく

——ぐらなくき　ぐりくすぐりく　きくならく

「ぐら」は泣きそうです。「ぐり」はそれを見て、寄り添いました。くすぐって「ぐら」の笑い顔を見たかったのです。だとさ。いいはなしですね。

ぐりとぐら：『ぐりとぐら』は、中川李枝子(作)・山脇百合子(絵)による子ども向け絵本のシリーズ。双子の野ねずみ、「ぐり」と「ぐら」を主人公とする物語。第一作となる『ぐりとぐら』は、二匹が見つけた大きなたまごから、大きなかすてらを作るというおはなしです。

聞くならく：【連語】聞くところによると。聞説・聞道の訓読から。ナラクは伝聞の助動詞「なり」のク語法。ク語法は、活用語の語尾に「く」がついて名詞化される語法。現在は廃れました。

⑿ 叢芒にて手に接吻すらむ

――むらすすきにて　てにきすすらむ

背丈より高くほこっている芒の原で軽くキスを盗みました。

人情自の句。

「月」と「花」は自然の美の結晶として定座が決められ特別扱いされているように、景物に対する人事（人間生活の機微）のうち「恋」を歌仙一巻のうち一か所（二か所まで）詠むことになっています。で以てここ初折の裏に出して来ました。折角の恋の句のチャンスですので以下オマケ二句。

○ すき？と問ひ目出度し蓼奴女と接吻

――すきととひ　めでたしたでめ　ひとときす

あのタデ野郎、レコとキスしたそうだ。めでたい、というか何というか……アンチクショウ。

蓼（たで）：①タデ科タデ属の植物の総称。「蓼の花」は初秋の季語。②ヤナギタデ系の変種。食用はこちら。辛みがある。三夏の季語。「蓼食う虫も好き好き」という俚諺が有名。苦いタデも好む虫がおる。人の好みはさまざまなのではたから他人がとやかく言うものではない、ということ。

女（ひと）：レコ。彼女。

春「流し雛か」の巻二十句目の候補でしたがボツになった作品でした。

○　をどりはや杉の戸のキスやはり戸を

――をどりはや　すぎのとのきす　やはりとを

<table><tr><td>時は無情に過ぎて行く。盆踊りも果て熱い接吻。結局そのまま別れられなくて戸を開け中へと……</td></tr></table>

踊（おどり）：初秋の季語。

火傷しそうです。この辺にしておきましょう。芭蕉はこういう露骨な恋の句は他人が作るのはあまり好きではなかったようです。

秋「矢の菱」十二句目か三十五句目にあがった候補でした。これは季節が合ったのですがボツにしました。何故だか恋の句は作りやすいのです。

大変なまちがいをおかすところだった。「恋の句」なんて浮かれておられないところでした。短句とはいえ、秋の月の座だったのです。月の座の二つ目。ひとつ目が「冬の月」でしたが、ここは格段の「秋の月」。秋の三句を素秋（秋なのに月が出ないこと。嫌いのひとつ）にするわけにはいきません。慌てて軌道修正、

○寺家月熄まむ馬焼き付けし

——じけつきやまむ　むまやきつけし

> この寺の家人の作陶はそれほもう見事で、陶器の馬の釉薬絵付けももう終わりに近づいている。仲秋の名月も見惚れて運行をやめ立ち止まるほどの出来栄えですよ。

馬（むま）：ウマ。中国語の馬が日本語になる段階で、ンマ→ムマ→ウマと変化していった。「梅」などと同じ。ここは陶器の馬。

寺家（じけ）：①寺。寺院。②寺の家人。③寺に住む僧。

熄まむ（やまん）：「む」は推量の助動詞。活用語の未然形に付きます。だろう。

(12) 寺家月熄まむ馬焼き付けし　再出

(13) 落し水ユダと音絶ゆ罪し十　［秋・仲秋］

(14) 富士の初雪消ゆ鍔の自負　［冬・初冬］

(15) 皎白と寒月懸河疾く延うか　［冬・三冬］月の座②

(16) 躑躅念ふダダ讃ふもしつつ　［春・晩春］

(17) 名は不二に残せし世故の二重花　［春・晩春］花の定座①

(18) 筆と墨不貞てふ御簾と蝶　［春・晩春］

註解

(13) 落し水ユダと音絶ゆ罪し十

――おとしみづ　ゆだとおとたゆ　つみしとお

落し水の音が淙淙（そうそう）と響く一方、ゴルゴダの丘ではユダが固唾（かたず）をのんで一点を見詰めていた。十戒を犯した罪の重さとともに。

落し水：稲が成熟し始めると畔を切って田の水を落とし、刈り入れに備える。

前句、キリストにキスしたのはイスカリオテのユダだった。対付。「ユダは祭司長たちと群衆をイエスのもとに案内し、接吻することでイエスを示して引き渡した」。キスは大変な過ちだったので、歴史を書き換えることとし、寺家の裏の田圃の落し水にした。こじ付。

実は重大な誤りがあります。「ユダのキス」に比べたら大したことではないのですが、ミスはミス。芭蕉をはじめ諸先哲も冒（おか）していることですが、「お」と「を」の混同です。「落し水（おとしみず）」「十（とを）」でなければなりません。苦し紛（まぎ）れに「落し水」を「遠清水（をとしみづ）」としてみましたが、意味はより良くなりましたが季節が夏になってしまいました。泣く泣くボツ。で、作陶師の趣味がハゼ釣りだとして、

○ 見 渡 せ ば 山 間 竿 座 鯊 撓 み

――みわたせば　さんかんかんざ　はぜたわみ

丘から谷のほう、竿釣が見渡せた。いくつかの竿にハゼが撓（しな）って跳（は）ねていた。

鯊（はぜ）：沙魚。三秋の季語。

釣りは「ハゼにはじまりハゼに終わる」と言われるぐらい、ハゼにハマるものらしい。亭主の悪口に「ウチのダボハゼ」というぐらい、カオツキが滑稽（こっけい）らしい。魚のお笑い芸人だ。

鏡のむこう側には、反照（てりかえし）の世界があります。そこでは海に住むハゼが丘に棲み、山に住むフナが海に棲むのです。不思議なことはありません。鏡の手前の世界でも山で鯨を捕り海に豚がいるそうですよ。豚どころか、鼠や象や豹・馬も。一月が夏だ、というところも。（秋「矢の菱」(3)参照）

⒁ 富士の初雪消ゆ鍔の自負

——ふじのはつゆき　きゆつばのじふ

> 富士に初雪。その気高さのまえに剣の自負心は最早消え失せていた。

初雪：初冬の季語。歳時記では「初雪」はその冬初めて降る雪。（注）があって富士の初雪は秋に降る。となっています。季は「秋」に移るわけではなくてそのまま「冬」です。

富士の白雪、解けて流れて三島にそそぐ。三島田圃の落し水。あ、いや、「落し水」

ではない、「見渡せば」と来れば「遥かなる」でしょうよ。「遥かなる」と来れば「富士の高嶺」に決まっとる。連句も「三句の見渡し」といきますか。

連句の見渡し：式目上の反則はないか構成が整っているかなど、全体を検討しながら眺め渡すこと。三句の渡り：打越（前句の前句）、前句に対し付け句が大きく転じるという連句の原則。三句の見渡し。三句の運び。三句のはなれ。

結果良好。つぎに参りましょう。

⒂ 皎白と寒月懸河解く舳か

——かうはくと　かんげつけんが　とくばうか

しらしらと寒月。早い流れが冴えわたる光の下を伸びて這っているのが見える。

皎白（こうはく）：真っ白。「皎」は、しろい。きよい。

舳（バウ）：bow　へさき。

付けは前句白い雪の色立付。

コレ、ボツ。月の座は十二句目に引っ越しました。

○ 空からの風花稲架か野良からぞ

――そらからの　かざはなはざか　のらからぞ

雪が天からの手紙なら、風花は雲からの速達だ。田圃のほうから来たと思ったがどうやら山続きの野原のほうだ。

風花（かざはな）：①晴天にちらつく雪の小片。俳句では晩冬の季語。②初冬に風が来て雪や雨がぱらつくこと。上州では空っ風と共に来るので吹越という。俳句では、かざはな。日本語では、かざばな。

前句、初雪とあるから風花②のほうがより良いがそこはこだわる必要はない。きれいな句が続いて気持ちがいいですね。

⒃ 躑躅念ふダダ讃ふもしつつ

――つつじもふだだ　たたふもしつつ

ダダに心底、共感しながらもやはりツツジが美しいという感覚はオカシイだろうか。

躑躅（つつじ）：山地に自生し園芸品種が多い。四〜五月五裂した漏斗状の美しい花をつける。
念ふ（もう）：「おもう」の「お」が脱落した形。和歌によく見る用法。
ダダ：dada　ダダイズム（芸術革命運動。理性を否定し自由な発想を表現しようとした）・ダダイスト（反合理主義・反道徳を主張する人）の略。

「念ふ」が「もう」？


ついでに、現代詩の解釈の例を見ましょう。

詩を正しく深く共感するためには、その記号の範列（パラダイム）の変異体を構成要素とするもうひとつの意味作用を求めその深意構造を捉えることが重要です。

現代詩の言辞は、表面的な普通の言で捉えようとしても捉えることができない逸脱した文法や語彙から成り立っていることが多い。

鳩は平和を、魚は愛を表す。牛の一対の角は新約と旧約聖書を表す。

この詩的婉曲語法を無視すると、一体なんのことかわからぬことになります。

「牛の一対の角」は、日本では「恋文」を意味します。延政門院の歌〈ふたつもじ牛の角もじすぐなもじゆがみもじとぞ君は覚ゆる〉（『徒然草』六二）由来です。

「ふたつもじ（こ）」、「牛の角文字（ひ）」、「すぐなもじ（し）」、「ゆがみもじ（く）」。

つまり「こひしく覚える」というお習字を習う娘がお父さんへ渡した手紙からきてい

ます。「二つ文字牛の角文字（こひ）」略して「牛の角」、転じて恋文を意味するようになりました。また子どもの手習いのことを「いろは」と言ったので牛の角文字は「い」だったろうということになり、今では牛の角は「ひ」ではなく「い」ということになっています。ところ変われば、かつ、時代が変われば意味も変わるのです。「鎌（かま）」や「槌（つち）」が労働を表すことを知らなければ労働詩はわかりませんし、ハートを知らなければ恋は語れません。

○ 牛の角手習ひなら手野津の糸雨

——うしのつの　てならひならて　のづのしう

> お習字は手筋がやはり最後にものをいいいます。この子の将来が楽しみなことですね。——野津は細かい雨になりました。

牛の角（うしのつの）：牛（うし）の角文字（つのもじ）。「いろは」の「い」の字。

手（て）：手性（てしょう）。

野津（のづ）：頓智ばなしの吉四六（きっちょむ）さんの里。いまは無い。

糸雨（しう）：糸のように細い雨。細雨（さいう）。霧雨（きりさめ）。霧雨は「霧」の傍題で三秋。

前句、白と赤の色立付(いろだてのつけ)。

(17) 名は不二に残せし世故の二重花

——なはふじに　のこせしせこの　にじふばな

〈解釈の一〉富士山は二つとないと讃えたが、身近にもこんなに見事に、二つと無いといってもいいほどに桜が咲き誇っている。

〈解釈の二〉連載小説の最終章を書き終え送稿に添える手紙の最後に「不二」としたため擱筆(かくひつ)した。ラッキーストライクシガリロを咥えたとき傍らの新聞が目についた。二〇一四年四月一五日付の記事、〈「二重花」のサクラ発見　埼玉・新座市〉


埼玉県新座市の妙音沢緑地で珍しいサクラが見つかり、「ミョウオンサワハタザクラ」と命名された。おしべが花びらのように変化した「旗弁」5枚ほどが花びらの内側にあり、花が二重に見えるのが特徴。

木の高さ約10メートル、推定樹齢45年。緑地で見回り活動をしているボランティアの間で、数年前から「変わったサクラがある」と話題となっていた。

今月、市内の樹木医を通じて依頼を受けた公益財団法人「日本花の会」結城農場（茨城県結城市）が鑑定し、「オオシマザクラの中で、花弁数が増加したウスガサネオオシマに属するサクラ」と結論付けた。
　田中秀明農場長は「香りが良く観賞性も高い。町づくりに活用できるのでは」と話した。既に花はほぼ散っているが、須田健治市長は「専門家と相談して木を増やし、将来は桜並木をつくりたい」と語った。〔共同〕

不二（ふじ）：①ふたつとないこと。無二。②ふたつでなくて同一であること。等しいこと。③手紙の末尾に記して十分に意を尽くせないという意を表すことば。ふに。不一（ふいつ）。不乙（ふいつ）（「不一」に同じ。中国で「乙」は商用文などで「一」の代わりに用いる）。もとは「不尽」だった。意味は同じで尽きない。無くならない。感謝不尽（いくら感謝しても感謝しきれない）、などと使う。④富士山。

世故（せこ）：世の中の習慣や事情。

　十四句目に「富士山」を出したばかりなのに又富士じゃまずいでしょう。鬼・竜・虎・女など強い語句は一巻一句にかぎられています。「富士」も同様に扱うべきだと思います。「不二」というぐらいだし……。従ってここは〈解釈の一〉は取りません。付けも前句を手紙文としました。

⒅ 筆と墨不貞てふ御簾と蝶

——ふでとすみふてい　てふみすとてふ

> 筆と墨とは仲が良すぎてちょっと不貞だ、と御簾(みす)と蝶が言い募(つの)るが、なんの、あなたたちこそじゃれ合っているじゃありませんか。

十二句目に恋の句を出しましたがキャンセル、折端、やっと恋の句です。恋は一巻に二か所までという制限があります。幻の恋の句十二句目が生きていたとしても「恋の句」は三句去(さんくさり)で、クリアしています。

前句「二重花」に不倫を感じ取り敷衍(ふえん)した観相(かんそう)の付（世相・喜怒哀楽を感得して付ける方法）。

(18) 筆と墨不貞てふ御簾と蝶　再出

(19) 柵長閑馬小屋混まむ門の草　［春・三春］

(20) 砂時計御しよき池となす　［雑］

(21) 祖忌をせばや大和苫屋や芭蕉忌ぞ　［冬・初冬］

(22) 無や折る鶴を折る鶴を病む　［冬・三冬］

(23) だみ編むなむやみと身病む南無阿弥陀　［雑］

(24) 有作湧く金泥電気画像　［雑］

註解

(19) 柵長閑馬小屋混まむ門の草

――さくのどか　むまごやこまむ　かどのくさ

木柵は春の日を浴びてのんびりしているが、馬小屋の入り口の草はなんだか落ち着きが無い。ひとが忙し気に出入りするところをみると馬の出産かな?

長閑（のどか）：①三春の季語。春時分のおだやかでのんびりした気分になるさま。②天気が良くおだやかなさま。③気がかりなことはなにもなくのんびりしていること。④落ち着いているようす。ここでは①ですが、②③④の意味で使う分には季語ではありません。恋離れの句。

シュールなスタートを切ったわりには殊勝なことに真っ当な句が続いています。

⒇　砂時計御しよき池となす

――すなどけいぎよし　よきいけとなす

石庭の橋掛かりに砂時計が設えてある枯山水。龍安寺のような苔もない。あるのは白砂や石で水紋や水の流れ、滝を表現した、徹底した抽象的空想庭園。この世界観を優美にコントロールするのが砂の時計です。さらさらと無限の幻想音を刻むのです。

さらさらは、自然対数の底の、虚数単位と円周率の積乗に一を加えた振動数の音波であることが知られています。

砂の時計は砂の池の王なのです。

発句のシュールと呼応し、前句、現実時間に対する非現実の時間の心付です。

(21) 祖忌をせばや大和苫屋や芭蕉忌ぞ

――そきをせばや　やまととまやや　ばせをきぞ

翁忌をしようぞ。日本の俳句の祖芭蕉の忌を。

祖忌（そき）：【仏】宗派の開祖の死去した日に当たる日。祖師の忌日。

大和（やまと）：日本の別称。

苫屋（とまや）：苫で屋根を葺いた粗末な家。

芭蕉忌（ばしょうき）：陰暦十月十二日、翁忌（おきなき）。桃青忌（とうせいき）。時雨忌（しぐれき）。旧仮名で正しくはバセウですが、松尾芭蕉が好んで遣った銘がハセヲでした。

中七の切字「や」は、いわゆる、「あそぶや」で、ただ切るためのものです。精神世界の付け、〈松の花苫屋見に来る夕哉〉（芭蕉）の面影付。

(22) 無や折る鶴を折る鶴を病む

――むやをるつるを　をるつるをやむ

無念無想に折鶴をしている。鶴は飛ばない。平和をもたらすことのない鶴を無心に折っている。折(お)るは祈(いの)るなのだ。

前句、忌(いみごもり)の祈(いのり)の有心付。

(23) だみ編むなむやみと身病む南無阿弥陀

——だみあむな　むやみとみやむ　なむあみだ

火葬にはしないでください。いくら死んでいるからとて熱いときっとヤケドする。病人はそう言うのです。——病体。
金糸銀糸の袈裟衣で着飾ったお坊さんは、死ぬのを歓迎しているみたいでいやじゃや。——釈教。

茶毘（だみ）：茶毘(だび)。火葬のこと。
彩（だみ）：蒔絵の技法、彩潰(だみつぶ)しの略。金泥(こんでい)・銀泥(ぎんでい)で彩色すること。

時節、観相、釈教または病体と変わってはいますが、展開に乏しい印象です。打越に停滞しています。テーマに相応しいあしらいじゃないか、「観音開(かんのんびら)き」だろう？

ですって？　揶揄（からか）わないでくださいよ。

雑俳の一に沓付（くつづけ）（下五を題として上五中七（12音）をつけるもの）があります。前句「鶴を病む」の沓付の手順からできた句なので二句一章体（俳句でいう本来の意味とは違いますが）になり補助線を引いたような印象の句になったと思います。沓付は「南無阿弥陀」を下五の前提に、上五中七を作るという趣向です。

同様に冠付（かむりづけ）という雑俳もあり、点者が出した上五文字（冠）に中七下五を付けて一句立てにするものです。こちらのほうが一般的で、五文字付・烏帽子（えぼし）付・頭（かしら）付（上方では、笠（かさ）付）などと称しました。

別の東洋宗教から、

○ 活かせ阿字倦ずぞ非素数次亜世界

——いかせあじ　うずぞひそすう　じあせかい

> 阿字観（あじかん）を生かして乗り切ろう！　この合成物で腐りきった酸素の少ない世界の危機を。

阿字（あじ）：密教の梵語字母の第一字。すべての梵字に含まれている。あらゆる宇宙のできごとに含まれている最も基本的普遍的真理とする。

倦ず（うず）：嫌になる。うんざりする。

素数（そすう）：約数を持たない数。合成数（素数の積でできている数）の反対。合成数10は、素数2と素数5の積からできている。575は合成数だが、757は素数。

次亜（じあ）：【接頭語】中心原子の酸化数がもう一段少ないオキソ酸（酸素原子を含む酸）。

(24)

有作湧く金泥電気画像

――うさわくきんでい　でんきぐわざう

電視も電脳も必要悪。きらびやかなモニターは、仮想の極楽を映し出している。前兆（さが）も有作（うさ）のうち、と深いため息をつくよりほかはなさそうだ。

有作（うさ）：因縁（いんねん）によって生じたもの。有為（うい）。

○

有作金泥粉濃い電気像

――うさきんでいこ　こいでんきざう

初案から口調を考えて修正したら、こうなりました。

辛うじて観音開きを免れたか。雑の句を挟んでひと息抜いています。しかし付けは金泥（こんでい）――金泥（きんでい）の抹香（まっこう）臭いべた付。うん、このほうがいいようです。

(24) 有作金泥粉濃い電気像　再出

(25) けさの飯煮凝りここに〆の酒　［冬・三冬］

(26) 笠地蔵埋め妙右左茅坂　［冬・仲冬］

(27) シナモンが香ばし忘我間もなし　［雑］

(28) 桃にや化けむ剝けば弥にもも　［秋・初秋］

(29) とよき佳き菊月吐く木きよきよと　［秋・仲秋］月の定座③

(30) 罌粟蒔く谷の野に逞しげ　［秋・仲秋］

註解

(25) けさの飯煮凝りここに〆の酒

――けさのめし　にこごりここに　しめのさけ

けさは昨日の残りの魚の煮凝りと叔父貴が土産の銘酒だぜ。朝から豪勢なもんよ。

煮凝り（にこごり）：①魚などの煮汁が冷えて固まったもの。②煮魚の身をほぐして煮汁とともに固めた料理。

現代的な電化生活のなかの庶民が引き摺っている古き習慣という付け。また、「煮凝り」と「酒」はもともと因縁があるのです。「ニゴリザケ」「ニコゴリ」似てませんか？

『後奈良院御撰何曾』という日本最初のなぞなぞ集に〈十里の道をけさ帰る〉というなぞかけ問答があります。こたえが「濁り酒」。昔の天皇はさばけてましたね。こころは、２×五里＋ケサの反対。後奈良天皇が集めてその数、百七十二題だそうです。

○　けさのさけ煮凝りここに今朝の酒

——けさのさけ　にこごりここに　けさのさけ

「今朝の酒」という回文は巷に溢れています。宝井其角も回文俳句を作っていて〈今朝たんとのめや菖蒲の富田酒〉。

(26)　笠地蔵埋め妙右左茅坂

——かさぢざううめ　めううさぢざか

左右に崖が迫っている茅峠（ちがやとうげ）には笠地蔵が崩れた土の下に眠っているという言い伝えがあり、ここを越えるときはいつもきみょうな感じにとらわれるのです。

笠地蔵（かさじぞう）：お伽話の「笠地蔵」がテーマです。季・冬。

あるところに、ほそぼそと暮らしているおじいさんとおばあさんがいました。おじいさんは、日々こさえてきた笠を売ろうと街へ出かけましたが、売れませんでした。帰りの吹雪の中、おじいさんは七人のお地蔵さまを見かけました。とても寒そうでした。おじいさんはお地蔵さまの頭や肩に降り積もった雪を払い、ひとつまたひとつと手元の笠をかぶせて差し上げました。売れ残りの笠は五つだったので、二つ足りません。するとおじいさんは、自分の笠をとってかぶせ、最後のお地蔵さまには手持ちの手拭（てぬぐい）をお被（き）せし、何も持たずに我が家へ帰りました。おじいさんからわけを聞いたおばあさんは、「それはよいことをしました」と言い、餅が手に入らなかったことをすこしも責めませんでした。

その夜、寝ていると、家の外で何か重たい物が落ちたような音がします。扉をそっと開けて外の様子をうかがうと、家の前に米俵や餅・野菜・魚や小判などが山と積まれていました。ふたりは見たのです、笠をかぶった六人のお地蔵さまと手拭をかぶった一人のお地蔵さまが立ち去るのを。

この思いもよらぬ贈り物のおかげで、老夫婦は良い新年を迎えることができましたとさ。

前句の人が子どもに戻って童話を思い返すという前句其人付。

(27) シナモンが香ばし忘我間もなし

――しなもんが　かうばしばうが　かんもなし

ニッケイは甘い香りと刺激的な味が堪らない。もうぼうっとしている。

間もなし（かんもなし）：隔たりがない。絶え間なく。

シナモン：世界最古のスパイス。ミイラの防腐剤としても使われた。正倉院宝物のなかにも残されている。薬剤としては、「ケロリン」「仁丹」に配合されている。肉桂。肉桂水・シナモンティーは夏の季語だがシナモンそのものは雑。

「ケロリン」と聞くと脱線してでも話に花を咲かせたくなるのが昭和人です。

○ 温泉はケロリンリロケ反戦を

――をんせんは　けろりんりろけ　はんせんを

薬品の広告が薬種屋の店頭から湯屋の湯桶に変わるとき旧来の商業主義は崩れました。反戦平和運動の形態も知識人の護符からケロリン談義化すべきじゃないかな。

リロケ：relocation の略。配置転換。移転。いまは「留守宅借上げ賃貸」という不動産用語にリロケしているらしい。

火山性鉱物が溶け込んだ本当の温泉ではない。いわゆる「銭湯」「湯屋」であることは、湯桶定番「ケロリン」でわかります。木の桶からプラスチックの射出成型の桶に変わりました。鎮痛薬のＰＲ「ケロリン」が赤く大きく染め出された黄色の桶は軽く清潔で下町の社交場に相応しいものでした。昭和大戦後の象徴でもあります。雨戸の外にドサッとプレゼントが下ろされたとき甘い香りがしてそれがシナモンのかおりだという付けなんですがね、ちょっと、無理筋（むりすじ）ですね。

⑵⑻ 桃 に や 化 け む 剝 け ば 弥 に も も

——ももにやばけむ　むけばやにもも

あの小動物は桃にでも化けたかな？　でも皮をむけばますます、瑞々しい桃なのだがな……

化けむ（ばけん）：「けむ」過去の事実の推量の助動詞。……たのだろう。

弥（や）：【副詞】いよいよ。ますます。

「香り」は本来食欲をそそることと結び付けるものではなく独立した魅力となるものです。シナモンや香木がそうです。一方、五感に影響を及ぼすのも確かで、フルーツはそれぞれ工夫されたかおりをもっています。というわけでここは「檸檬（れもん）」としてもいい句付ですね。

○レモン捥ぐ枝から片枝苦悶洩れ

——れもんもぐ　えだからかたえ　くもんもれ

レモンをもぐときその枝が身をよじって苦しそうな声を発した。可哀相なことをした。

初案はこの「レモン」の句でした。ただ「檸檬」の季は晩秋なので掲句の「桃」（「桃の花」晩春、「桃の実」初秋）を選びました。言捨（いいすて）にするには惜しい句です。

シナモンが香ばし忘我間もなし桃にや化けむ剝けば弥にもも

と短歌にしてみると、いわゆる「親句疎句」の疎句となります。「疎句といふは、ひびきも通はず、詞もきるれども、こころのはなれぬ歌也。」（『竹園抄』）。「親句」というのは、歌論の用語で、①和歌で一首が語法的に切れず内容が続いているもの。（正の親句）②音韻の類似で親近な感じを与えるもの。（響きの親句）。と、辞書にありました。連歌俳諧の付合では、前句の語句や意味や姿を頼りにして付けること。また、その付句。です。

「疎句」は逆に、歌の上句と下句が一見、別のことを表現していながら、内面で深く続いているものです。形式的には一首の中に句切れのあるものです。どちらも深意は続いているわけです。

現代俳句では、親句を単なる報告として嫌い、疎句を二物衝撃といい歓迎する風潮があります。

回文俳句の各長句と短句をくっつけて短歌仕立てにしても「回文短歌」にはなりません。回文俳句の上・中・下のそれぞれが回文になっている場合とは全く異なる構造なのです。回文短歌は回文俳句より何十倍もむずかしいです。同じテーマで回文短歌を作ってみました。

○　シナモンは彼岸の香り桃の実の百里を香の夜埜が繁茂為し

——しなもんは　かのよのかをり　もものみのももりをかのよ　のがはんもなし

肉桂の芳香はとてもこの世のものと思われないが、桃の甘い香りがこの世の夜の広野を満たしている。ここはまさに桃源郷。

実測で33倍のむずかしさでした。つまり回文短歌一首作る時間で33句の回文俳句が作れるという難易度です。

「谷」や「野」には人里の意味もあるのじゃないでしょうかね。「渓(たに)・峪(たに)」や「埜(の)」は自然そのものの感じがします。ニンゲンの営為が入っていないままの……

(29)　とよき佳き菊月吐く木きよきよと

——とよきよき　きくつきつくき　きよきよと

菊に陣痛が来たようです。ただならぬ雰囲気です。菊は月を出産しているのです。さぞかし桃のようにまるまるとした瑞々しい赤(アカ)がうまれることでしょう。

とよく：どよめく。

きよきよ：擬態語。曰く言い難しですが、そうですね、新雪が忍び笑いする感じ、でしょうか。

立羽不角（たちばふかく）という俳人が詠んだ句を見ましょう。

入る月のさはるか動くむら薄　（『蘆分船』）

化鳥風（けちょうふう）という、掛詞や比喩を好んで用いた俳風の人です。右の例では、ススキが動くのは月が沈むとき触ったのでは？　という奇抜な句をつくっています。川柳の元祖ではないかと思います。しかし「入日」と異なり月が沈むところを見ることができるものでしょうかねえ。拙句のほうは逆に「月の出」です。

これはどうですか。

○丘の端や寸月減ず野馬の香を

――をかのはや　すんげつげんず　やばのかを

> 石鹼水のように淡い新月が山の端にかかり消えそうになると、いままでつよく立ち上っていた牧場（まきば）の馬の匂いがいくらか弱まってくるようだ。

寸月（すんげつ）：新月。三日月。仲秋。実は新しく季語にしたい造語です。俳人は誰しも新季語をひとつ残したいという本望を持っています。俳句の季語を一個造れば凡百の句捨てるとも惜しからじ、という気分です。

万緑の中や吾子の歯生え初むる　中村草田男

「万緑」が、草田男がはじめて季語として使用した新季語です。

(30)

罌粟蒔く谷の野に逞しげ

――けしまくたにの　のにたくましげ

罌粟は九月中旬から十月中旬にかけて種を蒔く。他の種を蒔く人とは異なり片肘を張った様子が、芥子粒を扱っているというより強がって見えるのが面白い。

罌粟蒔く（けしまく）：仲秋の季語。「罌粟の花」「雛罌粟」（ポピー）は初夏の季語です。芥子という字も書きますが本来カラシナを指す言葉で、ケシの種子とカラシナの種子がよく似ていることから、室町時代中期に誤用されて定着したものであるとされているそうです。非常に細かい物を「ケシ粒のような～」と表現するようにこれが大きな特徴です。

げ：【接尾語】気の濁音化。様子・気配・感じなどを表します。形容動詞の語幹として「に」を伴う場合が多いのですが、まったく逆の二通りの意味が考えられるケースが出てきますので注意が必要です。「たくまし。げに」と「たくましげに」。ここでは名詞を作っていますが、名詞を作る場合は下に打消しの語を伴うことが多く、伴わない場合にもそのニュアンスがあります。「かわいげがない」

「たくましげ」とは、逞しいと言っているのではない。逆に「たくましがっている」（強いふりをしている）と取れます。

(30) 罌粟蒔く谷の野に逞しげ　再出
(31) 秋耕す唐突と唄趨向し　［秋・三秋］
(32) 塩冷ややかい烏賊ややや火欲し　［秋・仲秋］
(33) 敵秘策甲乙逐ふか草引て　［雑］
(34) 冬畳けば剝げ見た誰結ふ　［冬・三冬］
(35) 汚名霽れず吾重なるな前兆忘れ花　［冬・初冬］花の定座②
(36) 遺址寒波嚙み三日半跏思惟　［冬・晩冬］挙句

註解

(31) 秋耕す唐突と唄趨向し

——しうかうす　たうとつとうた　すうかうし

趨向（すうこう）：物事が或る方向へ向かうこと。そのなりゆき。

秋天の大自然のなかに黒い染みのように農夫が畑を耕している。クロー平野の田園風景。突然、泰西名画を壊すようにラジオの洋曲が流れてきた。若者がしていたウォークマンのイヤホンがはずれたのだった。わたしは油彩から目を外し眩しい日本の秋の庭を見た。

耕運機が昆虫のようにのろのろと動いている。サイレントフィルムを見ているようだ。と、突然、動力機の音と洋楽の強烈なリズム楽器の音が風に乗って響いてきた。風の向きがかわったらしい。秋耕のなかに欧米があった。

と、解釈を変更した。付けは前句にべた付。
もともと「秋耕や」で始まる句だったのですが、

○秋耕やかくしの如くが洋行し
——しうかうや　かくしのしくが　やうかうし

秋耕していたらポケットのケータイが洋楽に切り替わった。戦時中は番組が中断すると「大本営発表の臨時ニュース」だったな。

かくし：ポケットのこと。昭和大戦のとき、敵性語として代用された。

如く（しく）：もともとは「匹敵する」意の動詞ですが、転じてここでは「いっときも手放せない例の物」といった意味に隠語化して使っています。

⑶² 塩冷ややかい烏賊やや火欲し

——しほひややかい　いかややひほし

潮がかかっているのでちょっと冷やっこい。火が欲しい。おおそうか。火が欲しいとよ。すぐに練炭熾すからな。

ホラー句でしょうか。前句農夫のいっぱい飲るまえの軽口と見ました。

⑶³ 敵秘策甲乙逐ふか草引て

——てきひさく　かふおつおふか　くさひきて

戦いはヤマ場、とっておきの作戦Aでゆくか作戦Bにするかきめかねている。しょうがないから草占いにするか。

冬発句なのでオワリは冬の句でメたいとなればここは雑の句しかありません。

「草引き」は季があるのか無いのか。

「クサツム」は春の季語、「クサトリ」は夏の季語。「クサヲヒク」は『日葡辞書』（一六〇三）にも載っており、短歌や俳句でもよく目にする表現です。いずれ季語になるでしょう。もちろん「草占い」ではないので違う言葉と見て構わないのですが、表現が同じというのは紛らわしい。別の句は？

○ 意湧く新手試して〆た展示会

——いわくしんて　ためしてしめた　てんじくわい

「展示会」「展覧会」は歳時記にはありませんでしたが、新車発表や大売出しと結びついて秋の行事になっている季節感のある語となっています。雑とは言えないでしょう。ネットには「美術展覧会」が新しい季語として三秋になっていました。はやりそうにないゴツイ季語ですね。それはともかく、この句もまずい。

「ゴツイ」は昔は「コツイ」でした。意味は「無粋である」。こついはいづこ。

然（しか）らば、

○ 世界一ながき句奇かな霊依生かせ

——せかいいち　ながきくきかな　ちいいかせ

世界一長い俳句だなあ。よし。挑戦してみよう、回文俳句へ。霊(ち)の助けを借りてでも。

してその句とは？

○日々は祈りと無心。讒言あり魔意成調と／蝕みはじむ／童貞聖マリア
無原罪の御孕りの祝日

——ひびはいのりと　やんおのい　ざんげむあり　まいせいてうと　むしばみはじむ
どうていせいまりあむげんざいの　おんやどりのいはひび

日々の怠らぬ祈りと心頭滅却の座禅、心は浄化されてゆくが、悪魔に唆(そその)かされると、その端から潰(つい)え蝕(むしば)まれてゆく。懺悔(ざんげ)の一日、聖胎日(せいたいび)です。

童貞聖マリア無原罪の御孕りの祝日（どうていせいまりあむげんざいのおんやどりのいわいび）‥聖母懐胎(かいたい)の日。十二月八日。最も長い季語だそうです。季、仲冬。『絶滅寸前季語辞典』（夏井いつき著）より。上句と下句がそれぞれ25音、中七がちゃんと7音なのがおもしろいですね。

二番目に長い季語は、このあとに。最も短い季語は、そのあとに。

無心（已む己の意）（やむおのい）：考えることを断ち、無心になること。

この日、旧暦臘月（ろうげつ）八日は、釈迦が悟りを開いた成道（じょうどう）の日。臘八（ろうはち）。仲冬の季語。世界一長い俳句とは、世界一長い季語ということになります。では、二番目に長い季語の句、

○ 雀海に入りて蛤となるなど六魔はデリーに身沈め誦す

——すずめうみにいりて　はまぐりとなる　などりくまはでりいにみうめずす

雀はつぎつぎと入水した。蛤に化身したのだ。それを見ていた六人の悪人が揃ってガンジス河に体を沈め経を唱えたのは何故だろう?

雀海に入りて蛤となる：十月八日頃は二十四節気の「寒露」。寒気がやってきて結露する候（こう）ということ。七十二候（しちじゅうにこう）で中国では「雀入大水為蛤」という。秋の季語。

この時節になると街中から雀が消え海に入って蛤になると中国の古人は信じた。寒さに全身の羽毛をふくらませている雀を「福良雀（ふくらすずめ）」と言い、蛤とそっくりなのです。季語として「すずめうみにいりてはまぐりとなる」は、十六文字。このままでは俳句にならないので、「雀蛤となる」ともいう。

雀蛤となりぬ此夕蜃気楼　子規

蜃気楼は大蛤が正体。「蜃気楼」は春の季語なので、この句は奇妙な形の季重なりとなっています。しかし、季語は季語である前に無季であったのです。「蜃気楼」は季語である以前に天然現象です。「宗匠が作れば二重季語ではない」とする二重基準（ダブルスタンダード）がオカシいのです。

さて、前句「烏賊」に対する「世界一長い句」の付け味ですが、世界中あちこち伝聞（でんぶん）の多い巨大なおばけイカからの移り、にしました。雑の句です。

ところで、長大な季語にかわって最も短い季語は

○二を欠かさぬ性か食しもタフ

――ふたもじを　かかさぬさがか　をしもたふ

いつも韮（にら）をたべておいでですってね。食べ方も豪快でいらっしゃる。

二（ふたもじ）：韮（にら）。二文字（ふたもじ）。「女どもは韮を二文字と云ふぞ」（『玉塵抄』二八）。古名ミラ。強壮野菜として知られ、俗称「起陽草」と言われている。仲春の季語。

食（を）す：【動詞四段】①食べる、飲むなどの意の尊敬語。②着る意の尊敬語。めす。おめしになる。③治める意の尊敬語。統治なさる。しろしめす。

葱（ねぎ）を「ひともじ」、茎（くき）を「く文字」などと称し、いずれも女房詞（身の回りのものを直に名指しでいうのは、はしたないとされた奥女中たちのあいだの隠語）。葱を「ひともじ」というのは、古語で「き」と1音で言っていたことによります。「一（ひともじ）」は、最も短く最も字画の少ない季語です。

一（ひともじ）の北へ枯れ臥す古葉哉　蕪村

ついでに、兼題〈二〉（韮）。この兼題を俳句では「一文字題」といいます。つまり、漢字一字を題としたもの。蕪村の句は、「二」という一文字題で、季語「晩冬」ということになります。

(34) 冬畳けば剝げ見た誰結ふ

——ふゆたたみけば　はげみたたゆふ

冬の日差しが弱く差し込んでいる座敷の畳はそろそろ毛羽立ちが目立つようになった。どこか畳屋に更えさせようか。それとももう少し我慢をするか。

前句「十二月八日」となれば日米開戦の日で太平洋が波だった日。冬畳のケバとどことなく似合う日と思います。

○冬形見目覚める芽冷め見たか夕

——ふゆがたみ　めざめるめさめ　みたかゆふ

春の準備に余念がない植物たち。冬の嵐から守り終えてほっとしている役目を終えた雪柃（ゆきかこい）たち。それぞれの人生のスクランブル交差点の夕方がここにはある。

冬形見（ふゆがたみ）：冬に備えて準備したもので春に向けて取り去るもの。冬構（ふゆがまえ）・雪囲い・藁巻き・雪吊り・縄巻など。用を終えて去るものに哀愁を感じる。冬の忘れ形見。忘れ形見：①そのひとを忘れないように残しておく記念の品。②親の死後に残された子。遺児。

(35) 汚名霽れず吾重なるな前兆忘れ花
——なはれずわ　かさなるなさが　わすればな

嫌な噂は消えそうにない。悪いことは重なってくるものだ。まさかの坂を見上げれば帰り花が咲いている。

前兆（さが）：しるし。きざし。「まさかの坂」を重ねている。

忘れ花（わすればな）：小春日和が続くと時ならぬ花を咲かせることがある。これを、「帰り花」「狂い咲き」などともいう。桜・梅・杜若などあるが、連句俳句ではことわらないかぎり、サクラのことをいう。初冬の季語。

一巻に二か所に限られる花の定座のひとつは当季冬で。前句の鬱屈した気分を引き摺っている。心付。

(36) 遺址寒波噛み三日半跏思惟
——ゐしかんぱかみ　みかはんかしゐ

遺跡を厳しい寒風が噛んでいる。その石の前でみっかの日に亘(わた)って座禅を組み思索した。

三日（みか）：①三つの日数。みっか。②月の第三の日。③結婚後三日目。④誕生三日目。いろいろ意味がありますが外国でも「三」は特別な数です。

半跏（はんか）：半跏趺坐（はんかふざ）の略。結跏趺坐（けっかふざ）の略式の座り方。

＊＊

句上

この巻は独吟なので、季節と季ごとの長句・短句の明細を記します。

季	長	短	計
春	四	四	八
夏	一	一	二
秋	四	四	八
冬	六	六	十二
雑	三	三	六
			計三十六句

芭蕉の参加した連句のうち冬発句の「狂句木枯らしの」の巻では雑は十五句、夏は一句だけ。冬発句だからかもしれませんが、その当季冬は五句だけです。雑は連句の埋め草の役割ですが雑草のほうがはびこってしまった。季節を無視していると思わざるを得ないのです。角を矯めて牛を殺す結果になっているのです。

この回文歌仙では同じ過ちをおこさないように、式目を厳守しながらも季節を重んじ、当季を中心としながら全体的に季節が偏らない、かつ、雑の句に逃げないバランスのいい配分を行うことに留意しました。

冬　回文歌仙《理系訪ひ》の巻（総覧）

【初折ノ表　オ】

(1) 理系訪ひ夕星つ冬ひと鋳けり　［冬・三冬］発句

(2) 古暦記し志気見よゴルフ　［冬・仲冬］脇

(3) 二丁目の月の野狐の妙八千に　［冬・三冬］第三　月の座①

(4) 初春揺しよし初春揺し佳し　［春・初春］四句目

(5) 六分抜いて残ししこの手いぬふぐり　［春・初春］

(6) 歌咲くか椰子視野角砂糖　［春・晩春］

【初折ノ裏　ウ】

(7) 下屋揺るは家造り朽つや春夕焼　［春・三春］

(8) 煙解けぬは羽抜鶏無下　［夏・晩夏］

(9) 汁が実の薺話すな蚤が僂指　［夏・三夏］

(10) 士已んぬる哉哭かる瓊無やし　［雑］

(11) 菊膾いみじき沁入須磨なくき　［秋・三秋］

(12) 寺家月熄まむ馬焼き付けし　［秋・仲秋］月の座②

(13) 見渡せば山間竿座鯊撓み　［秋・三秋］

(14) 富士の初雪消ゆ鍔の自負　［冬・初冬］

(15) 空からの風花稲架か野良からぞ　［冬・晩冬］

(16) 躑躅念ふダダ讃ふもしつつ　［春・晩春］

(17) 名は不二に残せし世故の二重花　［春・晩春］花の定座①

(18) 筆と墨不貞てふ御簾と蝶　［春・晩春］

【名残ノ表　ナオ】

(19) 柵長閑馬小屋混まむ門の草　［春・三春］

(20) 砂時計御しよき池となす　［雑］

(21) 祖忌をせばや大和苫屋や芭蕉忌ぞ　［冬・初冬］

(22) 無や折る鶴を折る鶴を病む　［冬・三冬］

(23) だみ編むなむやみと身病む南無阿弥陀　［雑］

(24) 有作金泥粉濃い電気像　［雑］

(25) けさの飯煮凝りここに〆の酒　［冬・三冬］

(26) 笠地蔵埋め妙右左茅坂　[冬・仲冬]

(27) シナモンが香ばし忘我間もなし　[雑]

(28) 桃にゃ化けむ剝けば弥にもも　[秋・初秋]

(29) とよき佳き菊月吐く木きよきよと　[秋・仲秋] 月の定座③

(30) 罌粟蒔く谷の野に逞しげ　[秋・仲秋]

【名残ノ裏　ナウ】

(31) 秋耕す唐突と唄趨向し　[秋・三秋]

(32) 塩冷ややかい烏賊やや火欲し　[秋・仲秋]

(33) 世界一ながき句奇かな霊依生かせ　[雑]

(34) 冬畳けば剝げ見た誰結ふ　[冬・三冬]

(35) 汚名霽れず吾重なるな前兆忘れ花　[冬・初冬] 花の定座②

(36) 遺址寒波嚙み三日半跏思惟　[冬・晩冬] 挙句

――回文歌仙　冬《理系訪ひ》の巻　了

「中今に」の巻（雑）

(1) 中今に影から影が二枚かな　［雑］発句
(2) 売り池燻り奔く渓流　［雑］脇
(3) 村復す小至る朶頤を救ふらむ　［雑］第三
(4) 吉の切り札駄鉞力の月　［秋・三秋］月の座①
(5) 忍草やさしき示唆や咲く不の字　［秋・三秋］
(6) 己巳判断か邯鄲美しき　［秋・初秋］

註解

「春」「夏」「秋」「冬」と回文歌仙はひとめぐりしました。季語のない無季の句を「雑（ぞう）」といい、「季節」でこそないものの、連句では欠かせない重要な役割を持っていることはお判りいただけたと思います。雑の句は季移りを担（にな）う（前後の句の仲立ちをする）ばかりでなく、人情無（にんじょうなし）以外の人情自（じ）・人情他（た）・人情自他半（じたはん）に関わり、「恋」を頂点とする人事百般を主宰表現する役割を持っています。神祇・釈教・無常・述懐。懐旧・怪奇・病体など季節に関わらなければすべてがテーマとなります。

歌仙は当季発句でスタートするのがしきたりですから、この連句の「雑」発句というのは尋常なことではありません。しかし嘱目吟が存在しない回文俳句のような脳内作業がすべての言語遊戯（ことばあそび）では、容易に考案できても不思議ではありません。ということから脇役の「雑の句」を主役に引き上げた一種の人形芝居を以下考えていきたいと思います。

脇句から連句を始める「脇起（わきおこし）」という特例もあることだし、「第四句起り」という趣向があってもいいのでは？　と、小理屈はこれぐらいにして、

(1)　中今に影から影が二枚かな

――なかいまに　かげからかげが　にまいかな

> 天国はどこにある？　NowHere。この翻訳に「中今」を藉（かり）ることにしましょう。幸運にして現在を生きるこのわたし。このこと自体、奇妙なことです。しかも、影に影がある。そう、影にも影があるのですよ。

中今（なかいま）：永遠の過去と未来の中間にある今。当世を最良の世としてほめる語。

二枚（にまい）：影に助数詞は無い。新しく作ることにしましょう。「薄く広がったもの」ですから「枚」。二：①序次の二と②数量の二のほかに③対を表す。④互

いに反する別もの。という意味があります。

「影」は必ず二枚ある。二枚の影は常に共存し別々に存在することができない。そのくせ仲が悪く常に反発し合っている。わがドッペルゲンガーの影というわけではなさそうだ。

「中今」という哲学が昔からあったとは考えにくい。天皇の御代を神がかりで讃えるという単純な動機から生まれたのでしょう。しかしこの表現そのものは素晴らしい。昔の人はひどく死後の世界に関心を持ち、ああでもないこうでもない、ああもあろうか、こうもあろうか、と妄想を逞しくしていました。

科学者でさえこのことについては凡人並で宗教者の「見てきたようなウソ」に追随するだけでした。まあ鉛を金に変える錬金術士が科学者だった時代ならまだしも、現代でもまだ死後の世界に思いを馳せるチシキジンがいるのだから先端技術をもってしても猿のしっぽは取りきれないらしい。

すこし変人扱いされている知人のヴィティ氏の卓見を探ることにしましょうか。

——先生。天国ってどこにあるんでしょうね。

「天国」はあの世、彼岸、死後の世界とされているが、昔のひとが考えたユートピア、理想郷は完全なアチラ側ではなく半分現世に足を掛けていた、と氏はいう。「桃源郷」

は迷い込んだ中国のどこかにある桃源郷であるし、エリシオンの野はホメロスが『オデュッセイア』第四歌で謳われる不老不死の仙境である。不老不死というのがつまり死なないこと、黄泉の国ではないことになる。巴里のシャンゼリゼの命名の由来だね。

　アルフレッド・テニスンは、極楽浄土はなんとアフリカの北岸にあるという。Lotos（Lotusと同、蓮の実）を常食にする人たちが住んでいて、《いつもいつも午後ばかりの国》というのだから愉快である。エクスタシーもあの世の天国の一形態なのかもしれない。

　現実的な、というか具体的な理想郷だとアルカディアがある。辞書には古ぎりしゃノ一地方、とある。風光明媚デ気風純朴ノ理想郷、とあるが旅行業者のキャッチコピーでもあるまいし、このテーマから外れるかも知れない。東洋ではユートピアを無（む）何有（かう）ノ郷（さと）というそうですね。

　面白いのではサミュエル・バトラーの書いた『エレホン』でしょう。《倒錯したユートピア》と副題がついています。モリスのユートピア物語（“News from Nowhere” by William Morris）。ここでいうNowHere（いまここ）の綴りを逆にしてＥｒｅｈｗｏｎとして、天国名に造語《エレホン》を当てているのです。

　わたしはこう考えています。

《ＮＯＷ・ＨＥＲＥ》を引っくり返すのは間違いだ。天地無用ですよ。いまここが天国なんです。いままさにわれわれは選ばれて天国にいるのです。ニンゲンに生まれ

ているのがなによりの証拠です。ここ以外は無いことがナウヒアの中にしめされているじゃありませんか。いいですか、

「——NOW HERE は取りも直さず、NO WHERE（どこにも無い）のですよ。」

天国は「中今」なのです。そして天国では影が二枚あるらしいのです。

当季「雑」の発句です。通常、連衆に対する挨拶という位置づけです。ここは独吟ですから、気構えの披露、といったところでしょうか。

季は「雑」の破格、また、「や」「かな」「けり」など、切字が発句の格調を高める相応しい形とされます。

初案は、

○　就中屁理屈庫裏へぐづむかな

——なかんづく　へりくつくりへ　ぐづむかな

就中（なかんずく）：なかでも特に。とりわけ。
ぐづむ（ぐずむ）：囲碁用語。愚集む。集三（しゅうさん）の形（アキ三角）を作るムダな手として棋士は嫌がる。出燻（でぐずむ）（外出しそこなう。出るのを渋る）から出た言葉。

「ちらつひて今朝は出ぐずむ暦うり」（雑俳『化粧紙』）

「なかんずく」が前文を受けた形になりますが、ここは発句なので前文とは取りも直さず前回の歌仙ということになります。ここは新規に発足したいので捌きで捨てました。

(2) 売り池燻り奔く渓流

――うりいけくゆり　ゆくけいりゅう

> 渓流が勢いのよい流れを見せている。水源池が売りに出されていることも知らず水蒸気が燻っていて。

脇は発句と同季・同所・同時刻で発句の余情で付ける体言留というきまりです。発句の存問に対する返礼の句です。発句の、主体が自らの存在を影を見て確かめるという倒錯した思考のあやふやさを具象化した受けになっています。

「連句」は、解釈がなかなか難しいとよくいわれます。いい付けほど疎句が多く、深意が伝わりにくいということもあるようです。「疎句（そく）」とは、上句と下句が一見別のことを表現していながら内面において深くつづいているもののことをいい、連句の

骨髄といえるものです。形式面では一句のなかに句切れがあるものです。(冬「理系訪ひ」(28)参照)

(3) 村復す小至る朶頤を救ふらむ

——むらふくす　をいたるだいを　すくふらむ

> 村も復興しつつあるようだ。飢えたこの老人を救ってくれるだろうが、見かけではわからないがこの村も実はもう村人のものではないかもしれないのだ。

小至る(をいたる):年老いて小さくなってしまった者。老人。
朶頤(だい):あごを垂らして、食べようとすること。

第三では、句格は発句に準じ、「て」「にて」「に」「らむ」「もなし」留。発句が「かな」留のときは、「にて」留は禁止。第三は転ずるのが専(もっぱら)ですが脇句次第です。脇句が違付(ちがいづけ)(発句と反対のことをいっているが発句の意をよく受けている付け方)や取成付(とりなしづけ)(前句の詞や心を別の意味にとりなして付け句すること)だったらすでに場面転換しているのでもう転じを考えなくてもいいでしょう。

発句・脇・第三と歌仙の表情を示す句が出そろいました。

(4) 吉の切り札駄鉞力の月

——きつのきりふだ　だぶりきのつき

> とっておきの吉の札を切り札に出そうとしてるのだな。そんなものなんのチカラにもならないよ。ブリキの月さ、見掛け倒し。

駄（だ）：【接頭語】名詞に付いて詰まらない、粗末な、でたらめの、などの意。「駄菓子」「駄じゃれ」「駄犬」などとつかいます。

鉞力（ぶりき）：ブリキ。錫をメッキした薄い鉄板。昭和時代の玩具はブリキ細工（ざいく）が多く文明開化と安物（やすもの）の象徴でした。

正式の月の定座は五句目なので、いわゆる、引上（ひきあげ）ノ月です。「月」は断（ことわ）りが無ければ（季節を表す言葉が他に無ければ）すべて「秋の月」になります。「鉞力の月」は、「雑の月」か「秋の月」か、迷うところですが、手作りのブリキ細工であってもそのひとは「月」と見做しているので秋の月です。仲秋（月を賛美している気分を含んでいる）ではなくて三秋の扱いです。実際に出ている月（「実（じつ）ノ月」）ではなくていわゆる、「噂ノ月」（夏「ラムネも」(29)参照）です。「月が鏡であったなら……」という場合は逆に月を鏡と見做しているので「雑ノ月」です。

また、月面から地球を観ている場合の「月自体」は地球を「水の月」などの表現で置換しているのでこの場合も雑ノ月となります。「雑ノ月」はこの二種類だけです。（⒀参照）

(5) 忍草やさしき示唆や咲く不の字

――しのぶぐさ　やさしきしさや　さくふのじ

軒忍は幻想のなかで花冠をしきりに横に振っている、「いけません」というように。

【A】忍草（しのぶぐさ）：【名詞】（上代は「しのふくさ」左記④）

①植物「しのぶ（忍）」の異名。「しのふくさの紅葉したるを笛に入れ給へる」（『一条摂政集』）

②植物「のきしのぶ（軒忍）」の異名。季・秋。「わがやどのしのぶぐさおふるいたまあらみふるはるさめのもりやしぬらん」（紀貫之）（『古今和歌集』雑体）

③「わすれぐさ（忘草）」の別称。ヤブカンゾウ。「同じ草をしのふくさ、忘れ草といへば」（『大和物語』）

④（「偲種」の意）思い慕う原因となるもの。心ひかれる思いのたね。「石（いは）に生ふる　菅（すが）の根取りて　之努布草（シノフくさ）　はらへてましを　ゆく水に　みそぎてましを」（『万

葉集』）

⑤苔類の植物。垣衣（かきごろも）。（『本草和名』）

【B】忍草（しのびぐさ）：【名詞】（右記④と同）「行くさきの忍ひ草にもなるやとて露のかたみにおかんとぞ思ふ」（歌仙家集本『元輔集』）

「忍草」は文人好みの語であると見えて、様々な異名をかかえています。ここでは②にしてみました。

不の字（ふのじ）：似た言葉に「不文字（ふもじ）」、女房詞（にょうぼうことば）に「ふ文字」がありますが、不文字のほうは、読み書きができないこと、ふ文字は、文（ふみ）の隠語で手紙のこと。ここは人差し指を目の前に立ててチッチッと左右に振り「No」を表す仕草。

(6)

己巳判断か邯鄲美しき

――きしはんだんか　かんたんはしき

方位と運勢を占う？　兎に角、なんといってもまずは、カンタンの夢見るような美しさに触れることでしょう。

己巳（きし）：干支の一。つちのとみ。（己：おのれ。自分。巳：み。蛇。竜。）

邯鄲（かんたん）：鳴き声が非常に美しい蟋蟀科の昆虫。初秋の季語。

折端でした。

(6) 己巳判断か邯鄲美しき　再出

(7) 姪立つ田津風のせ且つ龍田姫　［秋・三秋］

(8) カバラ旦夕殺然鱈場か　［冬・三冬］

(9) 河童臥す皿涸れカラザ吸ふ薄荷　［冬・三冬］

(10) 基督集士十字吐す理義　［雑］

(11) 磁器つぐ血慈父が赤富士軸継ぎし　［夏・晩夏］

(12) 坊主F避く草笛数羽　［夏・三夏］

註解

まず、裏移り初句、折立、です

折立からは、神祇・釈教・恋・無常・懐旧・軍事・怪奇・病態など自由に出してよいし、人名・地名もだしてよいことになっています。

初折裏一句目は、

(7) 姪立つ田津風のせ且つ龍田姫

――めひたつた　つかぜのせかつ　たつたひめ

姪が立っている田圃は、浜風が上を通り、また、龍田姫が後を追って通る、季節の交差点なのでした。

龍田姫（たつたひめ）：春の女神「佐保姫（さほひめ）」（五行説（ごぎょうせつ）では「春」は東の方角にあたり、平城京の東に佐保山（現在の奈良市法蓮町）があることから）と並び立つ秋の女神。龍田山は奈良の京の西に当り五行説では西は秋の方角に当たることから。紅葉の名所。

○ 白雲と龍田姫たつ田共暮らし

――しらくもと　たつたきたつた　ともぐらし

白雲と龍田姫がいつも立っている田圃に今ふたりしてたっている。同棲しているのだから、わたしたち。

白雲の（しらくもの）：立つ・龍田の山・絶ゆ、にかかる枕詞（まくらことば）。

折立でのっけから固有名詞が出てきました。前句、方位を占うとなれば五行説です。ここは秋の予定座となれば龍田姫の登場しかありません。時節付（季節や季節にまつわる行事で付ける）。

さあどちらの句にするか。

いずれを採るとしても「龍田姫」が主役ですので「恋の句」です。

恋の句は一句か二句、一巻で一〜二か所の決まり。

(8) カバラ旦夕毅然鱈場か

——かばらたんせき　きぜんたらばか

陸には神秘主義が、海にはタラバガニが、昼夜を分かたず毅然と制している。一触即発の危機だな。

カバラ：ユダヤ教の伝統。密儀。

旦夕（たんせき）：①朝と晩。一日中。始終。②今日の夜か明朝かというほど、事態が切迫していること。

前句五行説対カバラ、農漁村の高齢化による疲弊を救うのは他郷の宗教かもしれないとする付け。すこしドぎついかな。では次の句。

○来たれかぎろひ広き涸滝

——きたれかぎろひ　ひろきかれたき

春よ来い。滝はあっけらかんと涸(か)れている。

陽炎（かぎろい）：かげろう。「かぎろひの」は「春」「燃ゆ」の枕詞。

涸滝（かれたき）：①水源が枯渇(こかつ)して水の少なくなった滝。三冬の季語。②枯山水で水を用いず、滝を模した空想の滝の岩組。枯滝。「枯山水」は無季。「箱庭」は、三夏の季語。

前句「龍田姫」と来ればモミヂ、「紅葉」と来れば「滝」でしょう。「紅葉に鹿」？古い、古い。其場付(そのばのつけ)です。

(9)　河童臥す皿涸れカラザ吸ふ薄荷

——かつぱふす　さらかれからざ　すふはつか

河童（かっぱ）が頭の皿を干（ひ）からびさせて臥（ふ）せっている。カラザが白く露出しているのは哀れだ。薬の薄荷（はっか）を吸っている。薄荷は消毒薬の匂いがする。

皿涸れ（さらかれ）：「水涸る」は三冬の季語。

カラザ：卵白のなかにある紐状のもの。卵黄を繋ぎとめる。【ラテン語】chalaza。

薄荷（はっか）：二十日大根から、新仮名遣いに越境当用。この非正規雇用は、外来語があるときに限る。「ハッカ」正しくは「ハクカ」。

前句、「滝つぼ」には河童。付きすぎの嫌いはありますが打越（うちこし）（前々句）からの展開は激しい。以て良しとしましょう。

⑽　基　督　集　士　十　字　吐　す　理　義

——きりすとしふし　じふじとすりぎ

キリストは信徒を集められ、十字に託した道理と正義を諄々（じゅんじゅん）と吐露（とろ）されました。

基督（きりすと）：救世主イエスの敬称。

理義（りぎ）：道理と正義。

キリストと聖職者を結びつけるもの、聖職者にとってのカラザとは？　それはバイブルであるとした体付。

(11) 磁器つぐ血慈父が赤富士軸継ぎし

――じきつぐち　じふがあかふじ　ぢくつぎし

> 代々、焼き物を承継する家柄に生まれながら三男坊の気楽さ、掛け軸や扁額のほうに走ってしまって亡父の赤富士をもらうという。

赤富士（あかふじ）：晩夏から初秋の朝、朝焼けによって赤く見える富士をいい、葛飾北斎（かつしかほくさい）「富嶽（ふがく）三十六景　凱風快晴（がいふうかいせい）」をはじめ多くの画題になった。通称「赤富士」として親しまれている。季語・晩夏。

色立付。

(12) 坊主F避く草笛数羽

――ばうずえふさく　くさぶえすうは

フルナ師に擬されているあの坊さんは声もいいが草笛が上手。いまも草原の鳥数羽が逃げ損なって玄妙な笛の音(ね)の虜(とりこ)になっている。

坊主F(ぼうずえふ):富楼那(ふるな)。釈迦(しゃか)の十大弟子のひとり。説法が巧みで聴く人はみなうっとりとなった。

前句、「画軸」を介して禅師の向付(むかいづけ)(前句の人物に別の人物を関わらせる付けかた)です。

(12)坊主F避く草笛数羽　再出

(13)大気は主水月つつみ白淡き　[雑]月の座②

(14)そこの買ふ芝居太夫鹿の子ぞ　[雑]

(15)三下がり清元も良き俚歌さんざ　[雑]

(16)末黒野来れば破礼句鈍くす　[春・初春]

(17)札の名は寡黙に雲涌く花の塔　[春・晩春]花の定座①

(18)初昔も香髦かむ唾　[春・晩春]

註解

(13)大気は主水月つつみ白淡き

——きはあろじ　みづつきつつみ　しろあはき

白青く輝いている地球は、濃い大気に懐ふかく包（くる）まれて海潮音のゆったりとしたリズムのなかにいま眠ろうとしている。ここ月世界での地球を仰ぐ逆《月見》はこれも隠れなきおおどかなショーだ。

主（あるじ）：その家の主。あるじ。「はしきよし今日のあるじは磯松の常に居まさね」（『万葉集』四四九八）

水月（みづつき）：地球のこと。

つつみ：うっかりすると「つゝみ」と洒落て繰り返し記号を使ってみたくなる。通常の文なら問題ないが回文の場合は逆読みの時に読みが変化するので注意が必要です。

本来、月の定座は十四句目ですが、一句引き上げて「雑の小の月」から「雑の大の月」に格上げしました。十四句目の句はこうでした。

○手 に 五 十 日 瀬 漬 月 世 界 に て

——てにいかせづけ　げつせかいにて

いかさま漬のおかずの弁当を持って今、月面に降り立ったところです。

五十日瀬漬（いかせづけ）：如何様漬（いかさまづけ）の転。五十日（いか）：①ごじゅうにち。「四十日（よそか）五十日（いか）までわれは経にけり（『土佐日記』）」②五十日（いか）の祝（いわ）いの略。③五十日の餅

の略。

いかさま漬、ネットで調べましたが、こういう食品は見当たりませんでした。回文俳句にイカサマが入り込んでいるようです。皆さん、気を付けましょう。

雑の月の座。地球から見る月は必ず四季を伴うので「雑」の「月」は地球を離れたところから見る月でなければなりません。⑷参照）前句「坊主」との付けは、花札で「月の役札（やくふだ）」を坊主といいますが……

⒁ そこの買ふ芝居太夫鹿の子ぞ

――そこのかふいた　たいふかのこぞ

> 太夫鹿の子の腰帯に裾を上げて花結びにダラリと垂らし、柳に衣装をかけたようななよやかな、そうさな、竹久夢二描く美人が今夜の芝居見物に来ているのだよ。

芝居（いた）：芝居の出し物。ここでは「鳴門秘帖」。

太夫鹿の子（たゆうかのこ）：型染めで染め出した鹿の子模様。江戸時代、京都西洞院四条藤屋善右衛門が始めた技法。

前句、「水月」は水漬(みづ)きとかけて水も滴るいい女蒲柳(ほりゅう)の質（虚弱な体質）を思わせる会釈(あしらい)。なお「水も滴る」は男女ともに美形のひとを称揚する言葉で、どちらかというと中性型ですね。汗っかきという意味ではありません。もとは「蜜(みつ)もしたたる」からの転。「水」の振り仮名は「みず」ではなくて「みづ」です。

⒂ 三下がり清元も良き俚歌さんざ

——さんさがり　きよもともよき　りかさんざ

> 三下がりではやり歌をひいたものだからお座敷もすっかりくつろいでしまってもうどんちゃん騒ぎさ。

三下がり（さんさがり）：三味線の調弦法（本調子・二上り・三下がり）の一。粋(いき)や艶(つや)を表し、長唄・小唄に多く用いる。二上りは、はでで陽気な気分や田舎風を表す。

俚歌（りか）：俗謡。流行歌。

さんざ：さんざん。さんざ騒ぎの略。どんちゃん騒ぎ。

歌謡は七五調です。口調を整えるのは七五のリズムです。「ミカン金柑(きんかん)　酒の燗(かん)

嫁御(よめご)もたせにゃ　働かん」というコマーシャルがありました。現代詩は散文詩（韻文ではなくて）ですが、詩の要素が無いので感覚に直接訴える手法を自ら閉ざしているのです。いつからこうなったのか。外国の詩は韻を踏むことで「詩」、と自己主張しています。日本の詩は押韻も捨て去ったのでそういう努力からも足を抜いている。リズムさえあれば詩だ、意味なんかあってもなくてもいいということを実証したのが大橋巨泉の万年筆のCMです。「みじかびの　きゃぷりきとれば　すぎちょびれ　すぎかきすらの　はっぱふみふみ」。

　前句「太夫鹿の子」の太夫には若くても気風(きっぷ)のいい女座長といった語感があり其人付。

⒃　末黒野来れば破礼句鈍くす

――すぐろのくれば　ばれくのろくす

川べりの茨や芒の残る焼野のモノクロを見ると、ばれ句も出なくなるものだ。

末黒（すぐろ）：春さき虫害を防ぎ土地を肥やすため野や山を焼いた。草木を焼いたあとの黒々とした風景をいう。

破礼句（ばれく）：末番句(すえばんく)。下がかった内容の句。

前句、「俚歌さんざ」に崩れたお座敷はばれ句が出るものです。花前（次句が花の座）は花の座に障らぬようにする。丈の高い植物や「秋」の字、「恋」は避けるようにする。要はつぎの花の光彩を奪うような題材を据えてはならないということです。

(17) 札の名は寡黙に雲涌く花の塔

——ふだのなは　くわもくにくもわく　はなのたふ

お札所の名はいつのまにか雲がわいている桜の塔頭だ。

札所（ふだしょ）：仏教の霊場で参詣した印に札を受けたり納めたりするところ。四国八十八か所など。
塔頭（たっちゅう）：住持の死後弟子が遺徳を慕って敷地内に建てる塔や小院。

花の定座。「一ノ折（初折）ノ花」なので洒落て「桒ノ花」といい捌きの苦労を犒う意味で捌の人に譲ったりすることがあります。「二ノ折」の花の座（匂い ノ花・名残ノ花・挙げノ花などという）は、歌仙最高の座で、捌きの人よりもどちらかといえば最上の賓客に勧めるしきたりでこれを「花を持たせる」と言います。

「雲」は寡黙な実の雲であると同時に「花の雲」を指し、「花の雲」はサクラのみに与えられた表現で、日本人独特の感性が愛情豊かに籠められている言葉です。

「花」は桜のことで、「花」という場合のみ正花で「桜」というと単なる植物の種類を特定する名称になり非正花として扱われます。

付けは前句俗塵の旅びとからお遍路への向付（前句の人物とは別の対照的な人物を配する付け）です。

「花の塔」は歌仙のシンボリックなモニュメントにも通底する句調の整った一句立ての佳句であると思います。

⒅　初　昔　も　香　髭　か　む　唾

——はつむかしもか　かもじかむつば

> ①「初昔」はいつも香りがすばらしい。女房はきゅっとくちを閉じた。
> ②一夜明けて新年、引き続いてなにも変わることなき冷たさの張りつめた冬の空気である。女房は下唇を痛いほど嚙んだ。

ここは①の解のほうです。巡礼のご接待に茶はかかせません。執中ノ法（前句の核心部分をいったん熟語にまとめその熟語から得るイメージを句にする）。

右、両様の解を記しましたが次の「初昔」説明も見てください。

○烏夜鎮座初昔噛む唾三丈　（晩春）

――うやちんざ　はつむかしかむ　つばさんぢやう

深夜、供えてある茶壺の「初昔」をこっそり口にしてみた。頬の内に唾液が満ち溢れた。

烏夜（うや）：闇夜。暗夜。

初昔（はつむかし）：①上等の抹茶の銘の一。「昔」を「廾」「一」「日」の合字とし、旧暦三月二十一日（または八十八夜）の前十日に摘んで製した茶を「初昔」、後十日に摘んで製した茶を「後昔」と名付けられた。晩春の季語。②元日に前年をさしていう語。旧年（ふるどし）。宵の年。新年の季語。

回文俳句「雑」の巻の前半が終わりました。歌仙は輪廻（りんね）を嫌い、「たとへば歌仙は三十六歩也。一歩も後に帰る心なし」（『三冊子（さんぞうし）』）で進めて気が付いたら再び元の場所に戻っていた。しかしよく見ると元の場所ではない、アウフヘーベンされた場所だったというのが自然の摂理です。

季節は回るのです。——万物は流転するのです。しかし流転で回帰は全くしていないのです。

【インテルメッツォ（回文短歌）】

○　鼻骨から尾骨まで拗ね魄一日まだ寝ずて待つ恋ら且つ戀

——びこつから　びこつまですね　たまひとひ　まだねずてまつ　こひらかつこひ

あの娘は全身でいらつき全霊でひたすら「そのこと」で一日を過ごしている。夜になっても寝ないで「何か」を待っている。恋というのはこうしたものなのだろう。そう、いとしいとしというこころ、これぞいとしいとしというこころの「戀」。

鼻骨から尾骨まで：ひと。全身。

魄（たま）：たましい。こころ。

ら：名詞に付いて、語調を整え事物をおおよそに差し出す。（恋らしい）ほう。恋心というもの。

⒅初　昔　も　香　髭　か　む　唾　再出

⒆痴　も　奇　抜　出　稼　ぎ　急　か　で　椿　餅　［春・三春］

⒇岩　菲　は　雁　皮　ピ　ン　ガ　は　頻　伽　［夏・初夏］

(21)向日葵は舞ひ啄むはいつそっぽ草は麻痺　［夏・晩夏］

(22)ミ　フ　ァ　の　音　階　如　何　オ　の　近　江　［雑］

(23)冬　の　旅　白　く　も　暗　し　飛　驒　の　夕　［冬・三冬］

(24)吾　が　羽　搏　つ　鷲　私　話　つ　う　は　か　あ　［冬・三冬］

註解

後半、懐紙二枚目、二ノ折です。

⒆痴　も　奇　抜　出　稼　ぎ　急　か　で　椿　餅

——ちもきばつ　でかせぎせかで　つばきもち

あの野郎、……やるにこと欠いてやっとみつけた出稼ぎをそっちのけで椿餅食ってやがる。

椿餅（つばきもち）：起源は古く平安時代。『源氏物語』『空穂物語』などに、「つばいもち」として載っている。製法は上新粉に砂糖を加えて水でこね、蒸してから中に餡（あん）を入れるものと、道明寺糒（どうみょうじほしいい）で餡を包むものなどがある。両方とも上下を椿の葉ではさむ。椿の葉の光沢と常緑をともに愛でる菓子。季語・三春。

前句からの付け、「髭かむ唾」「椿餅」ではちょっとバッチイので女房から亭主という対付はいかがでしょう。

二ノ折の折立ということで、人事より季節感を重んじたいなら農事の句ということになり、

○　減すく文字たなびく日向霜くすべ

——へすくもじ　たなびくひなた　しもくすべ

> 桑が霜にやられでもしたら大変ですよ。お前さんも酒も今夜は控えて、もっぱら煙を棚引かせるように籾殻をふすべてちょうだい。

減す（へす）：【動詞四段】少なくする。へらす。

く文字（くもじ）：①女房詞。茎の漬物。②還御。③九献。酒または酒盛り。「九献」はもともと三三九度のことでしたが女房詞を経て一般に酒の異名になっています。ついでに述べておけば「女房詞」とは、室町初期御所に仕える女房のあいだで使われた上品な隠語です。物の名を直接言わずに仮名一字に「文字」をつけて代用したものがほとんどです。「髪」といわずに「か文字」、「鯉」を「こ文字」、「鮨（すもじ）」、「烏賊（いもじ）」、「内儀・内方・妻（うもじ）」、「濁り酒（ゐなかくもじ）」、無数にあります。形容詞などもあって「忙しさ（いもじさ）」、「飢もじ・い」。「しゃもじ」「ゆもじ」は現在でもつかわれていますね。「緋文字」といえばホーソンの小説の題ですがヒモジとはよまずヒモンジと読みます。

霜くすべ（しもくすべ）：晩春、晴れて降霜のありそうな晩には、桑の葉の霜害を防ぐために籾殻や松葉を焚いて桑畑の上を煙雲で覆うようにした。この農作業をいう、晩春の季語。前句の付けは、「髢のお茶」に対する「く文字」（酒）ということになろうかと思います。そういえば「髢」も女房詞ですねえ。するとこれは女房の科白ということになり、

⒇ 岩菲は雁皮ピンガは頻伽

——がんぴはがんぴ　ぴんがはびんが

一口にガンピといっても岩菲は雁皮ではないが、ピンガはこの世の極楽鳥だよ。

岩菲（がんぴ）：ナデシコ科の多年草。中国原産。観賞用。初夏、上部の葉腋に黄赤色・白色などの五弁花を開く。季語、初夏。

雁皮（がんぴ）：ジンチョウゲ科の落葉低木。夏、枝頂に円筒状の黄花を開く。樹皮が紙の原料となる。季語ではない。

ピンガ：ブラジルのサトウキビ蒸留酒。カシャーサ。これをベースにした、カクテルの「カイピリーニャ」はカーニバルに欠かせない。ピンガはブラジル独立戦争のシンボルでもある。

頻伽（びんが）：「迦陵頻伽（かりょうびんが）」の略。仏のような美声をもつ想像上の鳥。

前句お酒を控えろとのご託宣だからピンガを、という理屈です。

⑵1 向日葵は舞ひ啄むはいつそっぽ草(ひまわり)は麻痺

——ひまはりはまひ　ついばむはいつ　ひまはりはまひ

> 太陽に意気込んで問うのです。どうせ、鳥に啄(ついば)まれる運命だけどその最後の日って、いつ？　こたえを悟った向日葵は、もはや太陽を追うことをやめ、萎れ始めて……ひまわり哀れ……

向日葵（ひまわり）：真夏の象徴。常に太陽に向かって咲いていることからの命名。ただし、太陽を追うのは若いヒマワリだけだそうです。傍題も太陽がらみ、日車、日輪草、天蓋花。花言葉は、あこがれ・偽金貨。アメリカ原産。ロシアとペルーの国花。とにかく回るのが日課と回文俳句と存在理由(レーゾンデートル)を一にするヒマワリには格別な愛着があります。だからこの句は、上句中句下の句とそれぞれでも部分回文にしてあります。つまり畳句(じょうく)になっていますが、畳句は付合文芸の始祖。詳しくは二十八句目の解説を見てください。ヒマワリは植物ですが、ヨマワリは高等動物です。火の用心です。地口御免(ちぐちごめん)。

そっぽ草：ひまわりのこと。「そっぽ草」ルビで回文の「ひまはり」という荒業をご披露しました。

前句、極楽鳥とて鳥に違いは無かろうから天敵という扱いです。

(22) ミファの音階如何オの近江
——みふあのおんかい　いかんおのあふみ

〈行く春を近江の人と惜しみける〉と芭蕉は詠んだがどうだろう。名残ノ表の「オ」、オーミのオ。前句「オ・ソーレ・ミオ」の定冠詞「オ」。ブルーノートのセカンダリー・ドミナントが聞こえているような寂しさしきり、という感じがしないかね。近江の別れ。

ミファの音階（みふぁのおんかい）：ブルーノート。ミ・ソ・シのそれぞれ♭（フラット）がブルーススケールのブルーノートです。ファを挟んで微妙に低くした音階をとり黒人民謡の魅力となっています。

名残ノ表はじめての雑の句のお目見え、夏から冬への季移りを避けて黒鍵（こっけん）のように雑の句の登場です。

(23) 冬の旅白くも暗し飛騨の夕

――ふゆのたび　しらくもくらし　ひだのゆふ

飛騨の冬は雲も白くないのです。無彩色の風景の中の一点景となって旅人は一入（ひとしお）悲しいのです。

西の地名「近江」に東の地名「飛騨」。旅心そぞろ余情付。

○冬の沙汰届きて義徒と打坐の夕

――ふゆのさた　とどきてぎとと　たざのゆふ

近江の同志から手紙が届いた。三日決起するという。御身（おみ）はどうするという。手紙を胸に抱いて共に座禅を組んだのであった。

沙汰（さた）：沙（砂）、汰（選る）たより。
義徒（ぎと）：義のために立ち上がった人々。
打坐（たざ）：座禅をすること。只管打坐（しかんたざ）。

前句斬りこみ前夜は神頼みのようです。其人付。随分難航しましたがやっと。

(24) 吾が羽搏つ鷲私話つうはかあ

——あがはうつわし　しわつうはかあ

剣士は羽ばたく鷲の如く武者震いした。そしてなにやら独り言ちるのであった。つうと言えばかあ。

○釣ごろ氷下魚今ごろ股慄

——つりごろこまい　いまごろこりつ

クマに出っくわしたのには心底魂消た。寒いことも寒いが、いまになって震えがとまらないよ。

氷下魚（こまい）：マダラに似ているが、頭が小さく、よりスマート。下あごの鬚は非常に細い。大きくならず小さいから「小魚」を意味する。漢字「粉馬以」は当て字。もとはアイヌ語。「氷下魚」は冬期、根室湾などで結氷した氷を割り、穴を穿ち、氷の下にいるものを釣ることから。三冬の季語。

股慄（こりつ）：恐ろしさでももが震えること。

発句のトラウマのような句。――瘧（おこり）やみのように。

付けは前句の「義徒」の武者震いを「股慄」に見替えた有心付（うしんづけ）（前句の人柄・態度・考え方を見分け言外にあるものを推測して付けること）の其人付。

(24) 釣ごろ氷下魚今ごろ股慄　再出
(25) ゆくたても小仏と反古もて焚く湯　［雑］
(26) ＯＮ衣被点かぬ機ＮＯ　［秋・初秋］
(27) 浮御堂秘すも点す灯詩歌神酒秋雨　［秋・三秋］
(28) 飛ばせばと折り紙雁を飛ばせばと　［秋・三秋］
(29) 水となる希釈口惜しき月と罪　［秋・仲秋］月の定座③
(30) 十九箱すぐ壺空輸し　［雑］

註解

(25) ゆくたても小仏と反古もて焚く湯
——ゆくたても　こぼとけとほご　もてたくゆ

愚痴をこまかくしたためて仏前に供え、気が済んだので下してその反古を茶釜にくべた。

行く立て（ゆくたて）：事のなりゆき。いきさつ。
小仏（こぼとけ）：小さい仏像。

前句、義徒を義賊にしてしまった経緯を胸にしまっておくには気持ちが治まらなくなって告白文をしたためた。其人付。

焚きつけの反古は普通、手習い草紙です。手習いの手本は「いろは」ですが、いろはの「い」の字は、「あ」と仮名の筆頭争いをしていました。

○い好かぬ字抜かすらし仮名が

――かながしら　すかぬじぬかすらしかなが

い（かながしら）：「いろは」歌のトップなので「い」を仮名のアタマとみた別称です。
いろは四十七文字に「京」の字を加え、この「京」を「仮名尻（かなじり）」といいます。

お習字の手本が「いろは歌」になる以前は「天地の詞（あめつちことば）」で、「天土星空山川峰谷雲霧室苔人犬……」で「あ」が最初に習う字でした。このようにして「い」は「あ」と反目しあっているのです。「い」は「かながしら」と自称しています。すると「じゃオレも」といいだしたのが「子（ね）」です。エトガシラと自称しています。つまり干支（えと）のトップということです。

○子好かぬ字抜かすらし「餓（が）」と「飢（え）」
——えとがしら　すかぬじぬかすらし　がとえ

ネズミは、とにかく腹を空かすのが嫌いと見えてガとエ（ゑ（飢）に通じる）を疎んじるのです。

(26)
ON衣被点かぬ機NO
——ONきぬかつぎ　つかぬきNO

スイッチを入れても立ち上がらぬマシーン。バージョンアップしないと駄目みたいですね、里芋クン。

衣被（きぬかつぎ）：里芋の子芋を皮のままゆでて塩を付けて食う。八月十五日の月見に必要不可欠の供え物の一。初秋の季語。

衣被（きぬかづき）：①平安時代ごろから、上流の婦人が外出するとき、顔を隠すために衣をかぶったこと。またその衣や、それをかぶった女性。中世以降は単衣（ひとえ）

の小袖を頭からかぶり、両手で支えて持った。かずき。③鰯をいう女房詞。

ONとNOは回文のルールに反していない極めて珍しい英語です。違和感がありますが採り上げることにします。

すこし違和感が……拭い去ることができませんね。すんなりと……

○ きぬかづきの木木の気付かぬ木

——きぬかづきのき　きのきづかぬき

単子葉植物すなわち椰子や棕櫚の仲間の実だと聞きましたが、ほかの木が木と気づかない木。それがきぬかつぎの木。

「きぬかづき」は、隠語として子どもの包茎のオチンチンのこと。

前句、湯殿のわきには小さな芋畑があったりして……

(27) 浮御堂秘すも点す灯詩歌神酒秋雨

——うきみだう　ひすもともすひ　うた・みき・う

ひとがいないはずの浮御堂から詩歌管弦が流れてくるのは幻影だろうか。静かに雨が降っている。秋。

浮御堂（うきみどう）：満月寺ともいい、近江八景の一「堅田の落雁」。隠れ季語として「秋」を秘める。

⑱ 飛ばせばと折り紙雁を飛ばせばと

——とばせばと　をりがみかりを　とばせばと

折り紙の雁を飛ばせましょうよ。

「月に雁」が定番の秋の画題です。次が月の定座であることを念頭に置いた「呼び出し」のような句です。

二十一句目で触れましたが、この句も上五と座五が同一句になっています。これを畳句といいます。中七も単独で回文なのですべての構成句素がそれぞれ部分回文になっています。回文俳句としては最も作りやすい手法ですが詩意が浅くなります。畳句の効果は切字と同じで、強意と韻律と詠嘆です。

俳句のルーツ、前句付合（まえくつけあい）（出題（前句という）に五七五の句を付けて点取りを競う文芸競技）の前句は畳句で例えば、「はづかしい事〳〵」、これに付けて「一大事花嫁どうも屁がでさう」とする如きです。

畳句は畳語（じょうご）からなり、オノマトペを基礎とする日本語の構造因子のひとつです。

ここまで来て大変な間違いに気が付いた。二十八句目は短句だ。急遽（きゅうきょ）作り直し。

○　斎つ端ひかりて照り交ひ葉露

——ゆつはひかりて　てりかひはつゆ

清らかに葉の端にキラキラしている露。

斎つ（ゆつ）：【連語】「つ」は格助詞。清浄な。

(29)　水となる希釈口惜しき月と罪

——みづとなる　きしやくくやしき　るなとつみ

放射能汚染水を海に放水して薄めればふつうの無毒の水だよと嘯（うそぶ）いている。こんな口惜しいことが通るのでしょうかお月さま。

月（るな）：【ラテン語】Lunaローマ神話で、月の女神。ギリシャ神話のセレネにあたる。
希釈（きしゃく）：濃さを薄めること。

初案――

○
飄の拮遨遊幽雅月の上
――へうのきつ　がういういうが　つきのうへ

微動だにしない優雅な月。しかし月面ではさかんにつむじ風が巻いているのだ。

飄（ひょう）：つむじ風。
拮（きつ）：忙しく働く。競い合う。
遨遊（ごうゆう）：盛んに遊ぶこと。

(30)
十九箱すぐ壺空輸し
――じゅうくぼつくす　すぐつぼくうゆし

ジュークボックス……さてと、すぐ壺振りとしゃれようじゃねえか。壺をヒコーキでもタクシーでもなんでもいいからすぐ持って来い、ってなもんだよ。タトゥーのハングレがはしゃいでいます。

十九箱（ジュークボックス）：レコードの自動演奏装置。硬貨を入れ希望の曲目のボタンを押すと自動的に音楽がかかる。昭和戦後の象徴です。

壺（つぼ）：博打（ばくち）に使う壺皿。

前句、都合の悪いことはすぐ水に流してしまうこの月の連中、ということです。深い意味はありません。言ってみれば昭和付けですかね。

(30) 十九箱すぐ壺空輸し　再出

(31) 柳絮飛ぶ漱ぎて接吻すふと葭売　[春・仲春]

(32) 辛夷の蕾未発の十五　[春・仲春]

(33) 白鳥の食ぶまへ舞ふは祝詞らし　[春・三春]

(34) 晩春万感干犯庾信は　[春・晩春]

(35) 小止みの名雲梯ひさ錆し花の都　[雑] 花の定座②

(36) 然候と訪ふ参座　[雑] 挙句

註解

(31) 柳絮飛ぶ漱ぎて接吻すふと葭売

——りうじよとぶ　すすぎてきすす　ふとよしうり

柳の白い綿毛が雪のように散りかかる。神前に手を合わせ彼女にキスした。まるで冬のようだ。葭売りの幻影がふと見えた。

蘆（あし・悪し）売りでなく葭（よし・良し）売りでよかったね。蘆も葭も同じもの、つまり、葭は蘆の忌み詞です。

「柳絮」の季語は仲春です。一方、「柳」の季語は晩春です。柳絮（柳のタネ）は柳から飛ぶのにヘンだと思いませんか。そのカラクリは、早春、柳は葉が出る前に花をつけることにあります。その花がのちに実を結びそれが裂けて、綿でおおわれた多くの種を出すのです。「柳散る」という季語も奇妙です。虚子は「晩秋」にしていましたが、昭和初期は「初秋」。ヤナギは黄ばんでいっせいに散り始めるのは「晩秋」、まだ青々とした「立秋」のころからハラハラと落ちるのが蒲柳秋を望む、という詩情を生むので「桐一葉」とともに初秋の季として扱われてきました。このほうがいいですね。

座五の字余りがいいですね。恋の句にふさわしい。

「葭の髄から天井を覗く」と俗にいいますが、恋は盲目ですからね。盲目と言えば土屋隆夫『盲目の鴉』。こんな書き出しです。小説は書き出しが一番面白い。「野狐忌と書いて、『やこき』と読む。……」。この印象を句に受けて七七、

○硫　黄　の　坏　の　野　狐　濃　歪

——いわうのつきの　のきつのうわい

硫黄で作った皿の照り返しは映した野狐の彩度を暗くひずませている。

で、恋の句を受けて次句、

(32) 辛夷の蕾未発の十五

――こぶしのつぼみ　みほつのじふご

花ならまだ莟（つぼみ）の可憐な少女、十五歳。その初々（ういうい）しさ。

辛夷（こぶし）：モクレン科。庭木にする。早春葉より先に香りのよい大きな白い六弁花を枝の先に付ける。季語・仲春。

未発（みほつ）：①まだ現れていないこと。②まだ出発していないこと。③まだ発見・発明されていないこと。

恋離れの句です。気分のいい句ですね。

(33) 白鳥の食ぶまへ舞ふは祝詞らし

――しらとりの　はぶまへまふは　のりとらし

因みに「白鳥」を、しらとりと読めば「鷺（さぎ）」をいい、「はくちょう」ではありません。川でよく見かける馴染みの濃い鳥ですが、「鷺」は一年中通して居る留鳥（りゅうちょう）として季語ではありません。しかし「鷺の巣」季・春。辞書には「白鷺」と「青鷺」が別項で記載されていて白鷺は無季、青鷺は三夏です。《しらさぎは小首かしげて水のなか
わたしとおまえは　え、そじゃないか　深いなか》と俗謡にあります。

「はくちょう」は、冬鳥。季は晩冬。古称は「鵠（くぐひ）」で白鳥（はくちょう）は現代語。従って「白鳥（はくちょう）」の俳句は現代俳句だけです。

読み方で季が変わる季語のひとつです。

白鷺は右記のように、本来無季でしたが、三夏とする俳人がでてきました。しかし、ここは故実を踏襲して「三春」です。

前句、未発の少女から「白鷺」への転じは無料パスです。

初案は、

○　切り株の蘖は古び篦深りき

――きりかぶの　ひこばえはこび　のぶかりき

> 切り株の根元のひこばえが、新芽にしては古びて、まるで矢が深く突き刺さっているように見えるのです。

篦深（のぶか）：射た矢が深く突き刺さるさま。
古ぶ（こぶ）：古臭くなる。古びる。
蘖（ひこばえ）：孫生（ひこば）えの意。樹木の切株や根元から群がり生える若芽。又生え。

手元の歳時記では「春の季語」ですが、ネットには晩春派と仲春派が争っていました。また、手元の歳時記の例句、〈大木の蘖したるうしろかな　虚子〉が、ネットでは、〈大木の蘖したるうつろかな　虚子〉とありました。
どちらも正しいのかなと思いながら、わたしは冒頭の回文俳句を作りました。蘖が本当は古い弓だったのならばどっちでもいい議論だと思いながら……。

(34) 晩　春　万　感　干　犯　庾　信　は
——ばんしゅんばんかん　かんぱんゆしんは

私の書いた文章を墓碑銘に転用されたからって文句は言えないよなあ、私自身多くの典故（てんこ）を引用しているのだし、と、暮春の庾信はぼやくのです。

庾信（ゆしん）：中国、南北朝時代の文人。多くの典故を用いた壮大な叙事詩文、「哀江南賦（すいこうなんのふ）」で有名。南朝文学の終焉と次代の唐詩の勃興を繋いだ文人といわれる。美文が墓誌銘（ぼしめい）に盛んに利用された。

干犯（かんぱん）：他に干渉してその権利を侵す。

前句、矢が深く突き刺さった切株から中国の南北朝時代に思いを馳せた、また、白鳥の食前の祝詞は庾信の美文だったという付け味です。漢詩から離れるとすれば、あっさりと、

○ 木流しの下知地下のしがなき

——きながしのげち　ちげのしがなき

意気揚々と指図するのは、ひごろはぱっとしない地元の樵（きこり）です。

木流（きながし）：筏を組む網場（あば）まで伐採した材木を出すこと。丸太を並べてそれに材木を滑らせたり、堰を作っておいて、流れに落とした材木を一気に流したりする。傍題、「管流し」「堰流し」「修羅落し」「鉄砲堰」。いずれも、仲春の季語。

下知（げち）：指図。

地下（じげ）：地元。

しがなき：とるにたりない。つまらない。

短句ですが仕上がりは平句、一句立ての結構でした。こちらにしましょう。

(35) 小止みの名雲梯ひさ錆し花の都

——こやみのな　はしひささびし　はなのみやこ

しばし降りやんでは雨に濡れそぼっているこの街は名のとおり、小学校の雲梯は真っ赤に錆びて久しく、文字通りサビの「花の都」です。

小止み（こやみ）：雨や雪がちょっとの間降りやむこと。おやみ。

「雑」の正花は桜を除くもので、極めて特異な選定を求められます。「花の都」も雑の正花のひとつです。他に「花嫁」など。

雲梯（うんてい）：①長い梯子（はしご）。②体育の懸垂力を鍛える道具。

ひさ（久）：【形容動詞ナリ】ながく時を経るさま。

錆（さび）：歌曲の最も盛り上がるところとして変調する部分を曲のサビという。例えば三部形式の曲で二番目の雰囲気が変わって山場を感じさせる部分がサビです。語源はワサビだといわれています。金属の錆に掛けています。

㊱ 然候と訪ふ参座

——さんざふらふと　とぶらふさんざ

「そうでございますよ」と言いつつ何でも知りたがる老人（自分のこと）が団居（まどい）に加わってきましたよ。

然候（さんぞうろう）：主人など目上に対する応答の語。さようでございます。「候」の「さうらふ」は「さぶらふ」の転。

訪ふ（とぶらう）：①病人を見舞う。②訪問する。③衣食の世話をする。④質問する。⑤先例などを調べる。

参座（さんざ）：出席すること。

前句、「古臭い花の都」を古老と断じた向付。軽くおとなしい句躰におさめるきまりです。

雑の句で起首し雑の句で納める趣向、ここにめでたく満尾致しました。席を改めて酒肴一献（しゅこういっこん）と参りましょうか。さ、さ、こちらへどうぞ。

＊＊

句上

ここでは独吟なので、季節と季ごとの長句・短句の明細を記します。

季	長	短	計
春	四	四	八
夏	二	二	四
秋	四	四	八
冬	二	二	四
雑	六	六	十二
			計三十六句

歌仙の構造上一般に「春」と「秋」が多くなりがちですが、当季「雑（無季）」発句なので雑を特別に三分の十二句とし春・秋の各八句と差をつけて雑の巻を強調しました。いつもは裏方に回って各季節を支える役回りですが今回は主役です。

安易に雑に雑を続けるのは無季に無季をつづけることになり不自然です。ここは雑発句なのでおお威張りで雑の三連がありますが通常は二連どまりにします。
季節捌きの行き届いた歌仙に仕上がっています。

雑　回文歌仙《中今に》の巻（総覧）

【初折ノ表　オ】

(1) 中今に影から影が二枚かな　［雑］発句

(2) 売り池燻り奔く渓流　［雑］脇

(3) 村復す小至る朶頤を救ふらむ　［雑］第三

(4) 吉の切り札駄鉽力の月　［秋・三秋］月の座①

(5) 忍草やさしき示唆や咲く不の字　［秋・三秋］

(6) 己巳判断か邯鄲美しき　［秋・初秋］

【初折ノ裏　ウ】

(7) 白雲と龍田姫たつ田共暮らし　［秋・三秋］

(8) 来たれかぎろひ広き涸滝　［冬・三冬］

(9) 河童臥す皿涸れカラザ吸ふ薄荷　［冬・三冬］

(10) 基督集士十字吐す理義　［雑］

(11) 磁器つぐ血慈父が赤富士軸継ぎし　［夏・晩夏］

(12) 坊主Ｆ避く草笛数羽 ［夏・三夏］

(13) 大気は主水月つつみ白淡き ［雑］月の座②

(14) そこの買ふ芝居太夫鹿の子ぞ ［雑］

(15) 三下がり清元も良き俚歌さんざ ［雑］

(16) 末黒野来れば破礼句鈍くす ［春・初春］

(17) 札の名は寡黙に雲涌く花の塔 ［春・晩春］花の定座①

(18) 初昔も香髢かむ唾 ［春・晩春］

【名残ノ表　ナオ】

(19) 減すく文字たなびく日向霜くすべ ［春・晩春］

(20) 岩菲は雁皮ピンガは頻伽 ［夏・初夏］

(21) 向日葵は舞ひ啄むはいつそっぽ草は麻痺 ［夏・晩夏］

(22) ミファの音階如何オの近江 ［雑］

(23) 冬の沙汰届きて義徒と打坐の夕 ［冬・三冬］

(24) 釣ごろ氷下魚今ごろ股慄 ［冬・三冬］

(25) ゆくたても小仏と反古もて焚く湯 ［雑］

(26) きぬかつぎの木木の気付かぬ木　［秋・初秋］

(27) 浮御堂秘すも点す灯詩歌神酒秋雨　［秋・三秋］

(28) 斎つ端ひかりて照り交ひ葉露　［秋・三秋］

(29) 水となる希釈口惜しき月と罪　［秋・仲秋］月の定座③

(30) 十九箱すぐ壺空輸し　［雑］

【名残ノ裏　ナウ】

(31) 柳絮飛ぶ漱ぎて接吻すふと葭売　［春・仲春］

(32) 辛夷の蕾未発の十五　［春・仲春］

(33) 白鳥の食ぶまへ舞ふは祝詞らし　［春・三春］

(34) 木流しの下知地下のしがなき　［春・仲春］

(35) 小止みの名雲梯ひさ錆し花の都　［雑］花の定座②

(36) 然候と訪ふ参座　［雑］挙句

――回文歌仙　雑《中今に》の巻　了

「俳句」「連句」「回文」の三種類のルールをクリアするのは容易なことではありません。まして絶滅危惧種である古語で詠むのは至難の業です。

しかし日本語は豊かで同音異義語が多く、漢字を母胎とした仮名との併用で表記されることによる漢語由来の語彙のほかに、基語、方言・地位・男女・環境による地理的社会的地域性から発生した和語、特に感覚的言語オノマトペ由来のことばなど多彩な表現がこの多義性の土壌となっています。

自然の豊かさはオノマトペのゆたかさです。オノマトペをそのままコトバにする土着の原語がニホンゴです。春の明るくのどかなさまを擬態語「うらうら」で捉え、副詞（「うらうら」）にし、形容動詞（「うらら」）にし、形容動詞の季語（「うららか」）にし、名詞（「うららかさ」）にする。ハックションとやるとクッサメと擬音語になりクサメからクシャミという名詞になる。ウンウンやシーシーがウンコやシッコになりお医者さんの立派な診察用語に昇格する。

世界に例を見ない四季の変化の豊かさのなかで、俳句は一季語に限るのに対し連句は合理的に季節を変化させることで人工的にソフィスティケイテッドな文化を構築することを良しとします。俳句は個人競技とするならば、連句は団体（多人格）競技です。俳句は一行詩、連句は多行詩です。

日本的美意識が、茶・花・香・歌・画・食・柔・陶といろいろ独特な芸術を生み出しています。俳諧もその一つですが、この日本的偏執狂性向による成果も、人工知能の登場で質的変化を遂げざるを得ない状況にあるように思います。

ニンゲンがロボットに勝てなくなっているのです。

チェス・将棋・囲碁はすでにプロ棋士を負かしている。それどころか、プロ棋士がＡＩ（人工知能）ならどう打つかを参照するほど進歩している。

絵も描くし小説も作る。まして俳句などはお茶の子さいさいのはずだと案じていたら、出た。出ました。

北大大学院情報科学研究の調和系工学研究室の開発したソフト「一茶くん」。ニンゲンとの対抗俳句イベントで

かなしみの片手ひらいて渡り鳥　　一茶くん（ＡＩ）

が最高の成績をおさめたそうですよ。

そんな時代なのです。脳の神経回路を模して自分で学ぶ深層心理学習（ディープラーニング）という手法により一茶・子規・虚子……の五万句を学習したという。季語は言うに及ばず「や」や「かな」など切字も使いこなす。湖と紅葉の写真を見せたら、たちどころに「湖にうつる紅葉や　窓の朝」など、三百万句を返した。「鳴き捨てし　身のひらひらと木瓜（ぼけ）の花」「花蜜柑　剝く子の道の　地平まで」などは「並」位選を超えて「人」位

選にはいるのではないでしょうか。論理演算・画像認識ばかりでなく、感性や創造性の分野でも人間を超えようとしています。発想の飛ばし方を会得させれば二物衝撃はコンピューターにとってはお手のもの、びっくりするほどの量と質の「取り合わせの妙」にわれわれは直面するはずです。「地」位選、「天」位選など選句に困るほど出力されるに違いありません。

ニホンゴの五十音図から17音の順列組み合わせは、もちろん有限個です。新聞俳句でその一端がうかがえるように、毎日毎時毎分湯水のごとく俳句が文字を消費しています。以前から俳句は消尽遠からずと言われてきました。投句に類似句が多いところをみると善意のジェネリックも多いに違いない。公知公用の事実も知らなければそれまで。これにコンピューターが参戦して作句秒速一億ということになると最早、創作の意味すら損なわれてきます。

回文俳句は、まして、風前の灯火です。何しろ俳句の半分の手間でできるのですから。

しかし、しかし、しかし、です。コンピューターにできないことがあるのです。それは感動することです。感動することが詩作のはじまりであり、そして仕上げなのです。コンピューターは、詩を見ても面白いとは思わないのです。ニンゲンは、面白さに感動し美しいと思うのです。コンピューターにとってはバグが、ニンゲンには美なのです。バグは美しい。なぜなら人間的だから。ニンゲン万歳！

○怪我の気が回文阿弥陀影の蔭

――けがのけが　たみあやあみだ　かげのかげ

> **回文は影身（かげみ）の如し。なにかの折にひょいと現れる。常に存在しているのに形を見せない阿弥陀様だ。**

怪我（けが）：思いがけない事態。もののはずみ。偶然。「怪我」は当て字。

回文（たみぁや）：「廻（た）む・回（た）む」動詞マ上二段。ぐるりとまわる。めぐる。まわる。まがる。

同じ系列の音を並べるとヒトは詩性を感じます。回文俳句は上五と下五の字面が同じなので韻を踏んでいるように感じ音律があるかのように錯覚します。回文俳句の図らざる余得（よとく）です。

俳句は17音並べて作りますが、回文俳句は半分の8音でできあがる怠け者向きの文芸です。俳句を「おはぎ」とすれば、回文のそれは半殺しですかねえ。

終わりに当たりマイ俳論をすこしお見せしました。皆さん、お別れです。

五歌仙か開きて雲母扉緘せ籠

——ごかせんか　ひらきてきらひ　かんせかご

お付き合い戴いた五歌仙の籠、そろそろお開きにして雲母(きら)のとびらを閉じることにしましょうか。

二〇二一年一二月二日　擱筆

「回文連句歌仙」と銘うちましたが、実はビミョウな出自をかかえています。

俳人は俳壇からの「脱走兵」だというでしょう。とてもまともな句集とは見てくれそうにありません。まして連句の達人にはゲテモノ扱いだし、回文同志からは、良くてハミダシモンか裏切り者、どうかすると「分派行動者」、セクトで粛清に遭わねば藩をこぞって上意討ち、です。バベル図書館の司書さんも本屋さんも、「分類」は何？どこの棚？　困るんだよねえ、こういう蝙蝠本。結局、園芸本や気象予報士の本といっしょの「その他」の書棚に寄り合い所帯。

「書物の鵺（ぬえ）的アナキスト」で美人薄命的炎上。結構じゃありませんか、と開き直っての御託でございます。

俳句・連句・歌仙・回文・古文……十把一絡（じっぱひとから）げ、文芸の隙間産業（ニッチ）として華々しく登場しましたものの、新しいが間もなく絶滅危惧種文学となることが火を見るよりも明らかな本書を茲にご愛玩のほど哀願申し上げる次第に御座いまする。

＊＊＊

前代未聞の文芸にとりくむこと二十年有余、どうやら結実の日を迎えそうです。ふらんす堂造本スタッフの皆さん、ご担当の山岡有以子さんのお力添えが無かったら、この本が日の目をみることはなかったでしょう。心から御礼申し上げます。

奇し晴れか反照千波枯葉敷く

——くしはれか　はんせうせんぱ　かれはしく

明るい日だこと。日光の粒が散り敷いた枯れ葉の上をこけつまろびつ……

著者略歴

郷田　豪（ごうだ・すぐる）

中国吉林省公主嶺街生まれ（1930）。鹿児島県始良郡栗野町（現・湧水町）出身。中学（現・県立大口高校）受験に失敗し小学生浪人。熊本工専（現・熊本大学）に補欠入学。苦学して九州大学工学部卒業（1953）。以後、蛍光灯黎明期の照明技術者として汗を流す。26歳のとき格式のある博多の遊郭で自殺を図る。閻魔に心中じゃないと駄目だと断られる。返された遺言書を見て自分に文才があることに気付き第一作『暮るる奥』を書くが身内に酷評され出版を断念する。ブラジル居住４年目に入るとき第1335回東京都宝くじ一等賞（一千万円）に当ったので帰国することにし記念に純金150グラムをバンコ・アメリカ・ド・スウで購入し放浪生活が終わる。閻魔から勧められたこともあり、55歳、すこし早めの定年、古文研究に入る。俳句は、松尾芭蕉、與謝蕪村、正岡子規に私淑。

住　所：東京都府中市新町3-1-8-302
e-mail ：go-go-s@ozzio.jp

回文連句歌仙集《反照四分の五》 かいぶんれんくかせんしゅう てりかえしよんぶんのご

二〇二二年八月二六日 初版発行

著 者——郷田 豪

発行人——山岡喜美子

発行所——ふらんす堂

〒182-0002 東京都調布市仙川町一—一五—三八—二F

電 話——〇三(三三二六)九〇六一 FAX〇三(三三二六)六九一九

ホームページ http://furansudo.com/ E-mail info@furansudo.com

振 替——〇〇一七〇—一—一八四一七三

装 幀——和 兎

印刷所——日本ハイコム㈱

製本所——㈱渋谷文泉閣

定 価——本体三〇〇〇円+税

ISBN978-4-7814-1487-4 C0095 ¥3000E